U0540934

许三观卖血记

Chronicle of
a Blood Merchant

余华
著

北京出版集团
北京十月文艺出版社

新经典文化股份有限公司
www.readinglife.com
出 品

自序

这本书表达了作者对长度的迷恋，一条道路、一条河流、一条雨后的彩虹、一个绵延不绝的回忆、一首有始无终的民歌、一个人的一生。这一切犹如盘起来的一捆绳子，被叙述慢慢拉出去，拉到了路的尽头。

在这里，作者有时候会无所事事。因为他从一开始就发现虚构的人物同样有自己的声音，他认为应该尊重这些声音，让它们自己去风中寻找答案。于是，作者不再是一位叙述上的侵略者，而是一位聆听者，一位耐心、仔细、善解人意和感同身受的聆听者。他努力这样去做，在叙述的时候，他试图取消自己作者的身份，他觉得自己应该是一位读者。事实也是如此，当这本书完成之后，他发现自己知道的并不比别人多。

书中的人物经常自己开口说话，有时候会让作者吓一跳，当那些恰如其分又十分美妙的话在虚构的嘴里脱口而出时,作者会突然自卑起来,心里暗想:"我可说不出这样的话。"然而,当他成为一位真正的读者,当他阅读别人作品时,他又时常暗自得意:"我也说过这样的话。"

这似乎就是文学的乐趣,我们需要它的影响,来纠正我们的思想和态度。有趣的是,当众多伟大的作品影响着一位作者时,他会发现自己虚构的人物也正以同样的方式影响着他。

这本书其实是一首很长的民歌,它的节奏是回忆的速度,旋律温和地跳跃着,休止符被韵脚隐藏了起来。作者在这里虚构的只是两个人的历史,而试图唤起的是更多人的记忆。

马提亚尔说:"回忆过去的生活,无异于再活一次。"写作和阅读其实都是在敲响回忆之门,或者说都是为了再活一次。

一九九八年七月十日

再版自序

我写作这篇简短前言之时，想起十五年前一个真实的感人故事，一位父亲靠卖血换来的几万元钱，供儿子读完中学又上了大学，这期间儿子的每一封要钱的来信都是卖血的通知单，让父亲不断卖血去凑足儿子所要的数目。可是儿子却中途退学不知去向，留给父亲的是一个永远无法打通的电话号码。这位生活在偏远山区的父亲每次打电话都要走三个多小时的路程，即使这样他仍然一次又一次地去拨打那个已经不存在的电话号码。当时媒体的报道引起社会的广泛注意，儿子在电台里听到父亲寻找自己的声音以后，终于出来说话了，然而他不愿意暴露自己，他只是同意在网上和记者进行一次对话。他正在承受巨大的压力，穷困的处境使他无脸去见自己的父亲，他说他的脑子里一片空白。

在中国，这只是千万个卖血故事中的一个。《许三观卖血记》

出版六年或者七年后，我曾在网上搜索，那时候就可以找到一万多条关于卖血的报道。卖血在很多地方成为穷人们的生存方式，于是出现了一个又一个的卖血村，那些村庄里几乎每个家庭都在卖血。卖血又带来了艾滋病的交叉感染，一些卖血村成为了艾滋病村。一位名叫李孝清的四川农民卖血三十年，感染艾滋病后在二〇〇一年十二月去世。李孝清是第一位勇敢面对媒体的艾滋病患者，他在生前就为自己准备了寿衣，曾经四次穿上寿衣躺到他的竹床上，前三次他都活过来了，第四次他才真正死去。他死后，贫穷的儿子们还是用三百五十元一天的价格请来了三个民间吹鼓手，在他的遗体前吹吹打打。

　　我知道是中国的历史和现实养育了我的写作，给了我写作时的身体、写作时的手、写作时的心跳。而文学给了我写作时的眼睛，让我在曲折的事件和惊人的现实那里，可以看到更为深入和更为持久的事物。就像在这个卖血供儿子读书的故事里，文学的眼睛看到了什么？我相信是那位父亲每次都要走上三个多小时的路途去拨打那个不存在的电话号码，正是这样的细节让文学在现实生活和历史事件里脱颖而出；同样在李孝清的命运里，文学的眼睛会为他四次穿上寿衣而湿润。这就是为什么生活和事件总是转瞬即逝，而文学却是历久弥新。我希望《许三观卖血记》就是一部这样的小说。

二〇〇二年四月二十七日

第一章

许三观是城里丝厂的送茧工,这一天他回到村里来看望他的爷爷。他爷爷年老以后眼睛昏花,看不见许三观在门口的脸,就把他叫到面前,看了一会后问他:

"我儿,你的脸在哪里?"

许三观说:"爷爷,我不是你儿,我是你孙子,我的脸在这里……"

许三观把他爷爷的手拿过来,往自己脸上碰了碰,又马上把爷爷的手送了回去。爷爷的手掌就像他们工厂的砂纸。

他爷爷问:"你爹为什么不来看我?"

"我爹早死啦。"

他爷爷点了点头,口水从嘴角流了出来,那张嘴就歪起来吸了两下,将口水吸回去了一些,爷爷说:

"我儿,你身子骨结实吗?"

"结实。"许三观说,"爷爷,我不是你儿……"

他爷爷继续说:"我儿,你也常去卖血?"

许三观摇摇头:"没有,我从来不卖血。"

"我儿……"爷爷说,"你没有卖血,你还说身子骨结实?我儿,你是在骗我。"

"爷爷,你在说些什么?我听不懂,爷爷,你是不是老糊涂了?"

许三观的爷爷摇起了头,许三观说:

"爷爷,我不是你儿,我是你的孙子。"

"我儿……"他爷爷说,"你爹不肯听我的话,他看上了城里那个什么花……"

"金花,那是我妈。"

"你爹来对我说,说他到年纪了,他要到城里去和那个什么花结婚,我说你两个哥哥都还没有结婚,大的没有把女人娶回家,先让小的去娶,在我们这地方没有这规矩……"

坐在叔叔的屋顶上,许三观举目四望,天空是从很远处的泥土里升起来的,天空红彤彤的越来越高,把远处的田野也映亮了,使庄稼变得像西红柿那样通红一片,还有横在那里的河流和爬过去的小路,那些树木,那些茅屋和池塘,那些从屋顶歪歪曲曲升上去的炊烟,它们都红了。

许三观的四叔正在下面瓜地里浇粪,有两个女人走过来,一个年纪大了,一个还年轻,许三观的叔叔说:

"桂花越长越像妈了。"

年轻的女人笑了笑,年长的女人看到了屋顶上的许三观,她问:

"你家屋顶上有一个人,他是谁?"

许三观的叔叔说:"是我三哥的儿子。"

下面三个人都抬着头看许三观,许三观嘿嘿笑着去看那个名叫桂花的年轻女人,看得桂花低下了头,年长的女人说:

"和他爹长得一个样子。"

许三观的四叔说:"桂花下个月就要出嫁了吧?"

年长的女人摇着头:"桂花下个月不出嫁,我们退婚了。"

"退婚了?"许三观的四叔放下了手里的粪勺。

年长的女人压低声音说:"那男的身体败掉了,吃饭只能吃这么一碗,我们桂花都能吃两碗⋯⋯"

许三观的叔叔也压低了声音问:"他身体怎么败的?"

"不知道是怎么败的⋯⋯"年长的女人说,"我先是听人说,说他快有一年没去城里医院卖血了,我心里就打起了锣鼓,想着他的身体是不是不行了,就托人把他请到家里来吃饭,看他能吃多少,他要是吃两大碗,我就会放心些,他要是吃了三碗,桂花就是他的人了⋯⋯他吃完了一碗,我要去给他添饭,他说吃饱了,吃不下去了⋯⋯一个粗粗壮壮的男人,吃不下饭,身体肯定是败掉了……"

许三观的四叔听完以后点起了头，对年长的女人说：

"你这做妈的心细。"

年长的女人说："做妈的心都细。"

两个女人抬头看了看屋顶上的许三观，许三观还是嘿嘿笑着看着年轻的那个女人，年长的女人又说了一句：

"和他爹长得一个样子。"

然后两个女人一前一后地走了过去，两个女人的屁股都很大，许三观从上面看下去，觉得她们的屁股和大腿区分起来不清楚。她们走过去以后，许三观看着还在瓜田里浇粪的四叔，这时候天色暗下来了，他四叔的身体也在暗下来，他问：

"四叔，你还要干多久？"

四叔说："快啦。"

许三观说："四叔，有一件事我不明白，我想问问你。"

四叔说："说吧。"

"是不是没有卖过血的人身子骨都不结实？"

"是啊，"四叔说，"你听到刚才桂花她妈说的话了吗？在这地方没有卖过血的男人都娶不到女人……"

"这算是什么规矩？"

"什么规矩我倒是不知道，身子骨结实的人都去卖血，卖一次血能挣三十五块钱呢，在地里干半年的活也就挣那么多。这人身上的血就跟井里的水一样，你不去打水，这井里的水也不会多，你天天去打水，它也还是那么多……"

"四叔，照你这么说来，这身上的血就是一棵摇钱树了？"

"那还得看你身子骨是不是结实，身子骨要是不结实，去卖血会把命卖掉的。你去卖血，医院里还先得给你做检查，先得抽一管血，检查你的身子骨是不是结实，结实了才让你卖……"

"四叔，我这身子骨能卖血吗？"

许三观的四叔抬起头来看了看屋顶上的侄儿，他三哥的儿子光着膀子笑嘻嘻地坐在那里。许三观膀子上的肉看上去还不少，他的四叔就说：

"你这身子骨能卖。"

许三观在屋顶上嘻嘻哈哈笑了一阵，然后想起了什么，就低下头去问他的四叔：

"四叔，我还有一件事要问你。"

"问什么？"

"你说医院里做检查时要先抽一管血？"

"是啊。"

"这管血给不给钱？"

"不给，"他四叔说，"这管血是白送给医院的。"

他们走在路上，一行三个人，年纪大的有三十多岁，小的才十九岁，许三观的年纪在他们两个人的中间，走去时也在中间。许三观对左右走着的两个人说：

"你们挑着西瓜，你们的口袋里还放着碗，你们卖完血以后，是不是还要到街上去卖西瓜？一、二、三、四……你们都只挑了六个西瓜，为什么不多挑一二百斤的？你们的碗是做什么用的？是不是让买西瓜的人往里面扔钱？你们为什么不带上粮食，你们中午吃什么……"

"我们卖血从来不带粮食，"十九岁的根龙说，"我们卖完血以后要上馆子去吃一盘炒猪肝，喝二两黄酒……"

三十多岁的那个人叫阿方，阿方说：

"猪肝是补血的，黄酒是活血的……"

许三观问："你们说一次可以卖四百毫升的血，这四百毫升的血到底有多少？"

阿方从口袋里拿出碗来："看到这碗了吗？"

"看到了。"

"一次可以卖两碗。"

"两碗？"许三观吸了一口气，"他们说吃进一碗饭，才只能长出几滴血来，这两碗血要吃多少碗饭啊？"

阿方和根龙听后嘿嘿地笑了起来，阿方说：

"光吃饭没有用，要吃炒猪肝，要喝一点黄酒。"

"许三观，"根龙说，"你刚才是不是说我们西瓜少了？我告诉你，今天我们不卖瓜，这瓜是送人的……"

阿方接过去说："是送给李血头的。"

"谁是李血头？"许三观问。

他们走到了一座木桥前，桥下是一条河流，河流向前延伸时一会宽，一会又变窄了。青草从河水里生长出来，沿着河坡一直爬了上去，爬进了稻田。阿方站住脚，对根龙说：

"根龙，该喝水啦。"

根龙放下西瓜担子，喊了一声：

"喝水啦。"

他们两个人从口袋里拿出了碗，沿着河坡走了下去，许三观走到木桥上，靠着栏杆看他们把碗伸到了水里，在水面上扫来扫去，把漂在水上的一些草什么的东西扫开去，然后两个人咕咚咕咚地喝起了水，两个人都喝了有四五碗，许三观在上面问：

"你们早晨是不是吃了很多咸菜？"

阿方在下面说："我们早晨什么都没吃，就喝了几碗水，现在又喝了几碗，到了城里还得再喝几碗，一直要喝到肚子又胀又疼，牙根一阵阵发酸……这水喝多了，人身上的血也会跟着多起来，水会浸到血里去的……"

"这水浸到了血里，人身上的血是不是就淡了？"

"淡是淡了，可身上的血就多了。"

"我知道你们为什么都在口袋里放着一只碗了。"许三观说着

11

也走下了河坡。

"你们谁的碗借给我，我也喝几碗水。"

根龙把自己的碗递了过去："你借我的碗。"

许三观接过根龙的碗，走到河水前弯下身体去，阿方看着他说："上面的水脏，底下的水也脏，你要喝中间的水。"

他们喝完河水以后，继续走在了路上，这次阿方和根龙挑着西瓜走在了一起，许三观走在一边，听着他们的担子吱呀吱呀响，许三观边走边说：

"你们挑着西瓜走了一路，我来和你们换一换。"

根龙说："你去换阿方。"

阿方说："这几个西瓜挑着不累，我进城卖瓜时，每次都挑二百来斤。"

许三观问他们："你们刚才说李血头，李血头是谁？"

"李血头，"根龙说，"就是医院里管我们卖血的那个秃头，过会儿你就会见到他的。"

阿方接着说："这就像是我们村里的村长，村长管我们人，李血头就是管我们身上血的村长，让谁卖血，不让谁卖血，全是他一个人说了算数。"

许三观听了以后说："所以你们叫他血头。"

阿方说："有时候卖血的人一多，医院里要血的病人又少，这时候就看谁平日里与李血头交情深了，谁和他交情深，谁的血就卖得出去……"

阿方解释道:"什么是交情?拿李血头的话来说,就是'不要卖血时才想起我来,平日里也要想着我'。什么叫平日里想着他?"

阿方指指自己挑着的西瓜:"这就是平日里也想着他。"

"还有别的平日里想着他,"根龙说,"那个叫什么英的女人,也是平日里想着他。"

两个人说着嘻嘻笑了起来,阿方对许三观说:

"那女人与李血头的交情,是一个被窝里的交情,她要是去卖血,谁都得站一边先等着,谁要是把她给得罪了,身上的血哪怕是神仙血,李血头也不会要了。"

他们说着来到了城里,进了城,许三观就走到前面去了,他是城里的人,熟悉城里的路,他带着他们往前走。他们说还要找一个地方去喝水,许三观说:

"进了城,就别再喝河水了,这城里的河水脏,我带你们去喝井水。"

他们两个人就跟着许三观走去,许三观带着他们在巷子里拐来拐去的,一边走一边说:

"我快憋不住了,我们先找个地方去撒一泡尿。"

根龙说:"不能撒尿,这尿一撒出去,那几碗水就白喝啦,身上的血也少了。"

阿方对许三观说:"我们比你多喝了好几碗水,我们还能憋住。"

然后他又对根龙说:"他的尿肚子小。"

许三观因为肚子胀疼而皱着眉,越走越慢,他问他们:

"会不会出人命?"

"出什么人命?"

"我呀,"许三观说,"我的肚子会不会胀破?"

"你牙根酸了吗?"阿方问。

"牙根?让我用舌头去舔一舔……牙根倒还没有酸。"

"那就不怕,"阿方说,"只要牙根还没酸,这尿肚子就不会破掉。"

许三观把他们带到医院旁边的一口井前,那是在一棵大树的下面,井的四周长满了青苔,一只木桶就放在井旁,系着木桶的麻绳堆在一边,看上去还很整齐,绳头搁在把手上,又垂进桶里去了。他们把木桶扔进了井里,木桶打在水上"啪"的一声,就像是一巴掌打在人的脸上。他们提上来一桶井水,阿方和根龙都喝了两碗水,他们把碗给许三观,许三观接过来阿方的碗,喝下去一碗,阿方和根龙要他再喝一碗,许三观又舀起一碗水来,喝了两口后把水倒回木桶里,他说:

"我尿肚子小,我不能喝了。"

他们三个人来到了医院的供血室,那时候他们的脸都憋得通红了,像是怀胎十月似的一步一步小心翼翼地走着,阿方和根龙还挑着西瓜,走得就更慢,他们的手伸开着抓住前后两个筐子的绳子，他们的手正在使着劲，不让放着西瓜的筐子摇晃。可是医院的走廊太狭窄，不时有人过来将他们的筐子撞一下，筐子一摇晃，阿方和根龙肚子里胀鼓鼓的水也跟着摇晃起来，让两个人疼得嘴巴一歪一歪的，站在那里不敢动，等担子不再那么摇晃了，才重新慢慢地往前走。

医院的李血头坐在供血室的桌子后面，两只脚架在一只拉出来的抽屉上，裤裆那地方敞开着，上面的纽扣都掉光了，里面的内裤看上去花花绿绿。许三观他们进去时，供血室里只有李血头一个人，许三观一看到李血头，心想这就是李血头？这李血头不就是经常到我们厂里来买蚕蛹吃的李秃头吗？

李血头看到阿方和根龙他们挑着西瓜进来，就把脚放到了地上，笑呵呵地说：

"是你们啊，你们来了。"

然后李血头看到了许三观，就指着许三观对阿方他们说：

"这个人我像是见过。"

阿方说："他就是这城里的人。"

"所以。"李血头说。

许三观说："你常到我们厂里来买蚕蛹。"

"你是丝厂的？"李血头问。

"是啊。"

"他妈的，"李血头说，"怪不得我见过你，你也来卖血？"

阿方说:"我们给你带西瓜来了,这瓜是上午才在地里摘的。"

李血头将坐在椅子里的屁股抬起来,看了看西瓜,笑呵呵地说:"一个个都还很大,就给我放到墙角。"

阿方和根龙往下弯了弯腰,想把西瓜从筐子里拿出来,按李血头的吩咐放到墙角,可他们弯了几下没有把身体弯下去,两个人面红耳赤气喘吁吁了,李血头看着他们不笑了,他问:

"你们喝了有多少水?"

阿方说:"就喝了三碗。"

根龙在一旁补充道:"他喝了三碗,我喝了四碗。"

"放屁,"李血头瞪着眼睛说,"我还不知道你们这些人的膀胱有多大?他妈的,你们的膀胱撑开来比女人怀孩子的子宫还大,起码喝了十碗水。"

阿方和根龙嘿嘿地笑了,李血头看到他们在笑,就挥了两下手,对他们说:

"算啦,你们两个人还算有良心,平日里常想着我,这次我就让你们卖血,下次再这样可就不行了。"

说着李血头去看许三观,他说:

"你过来。"

许三观走到李血头面前,李血头又说:

"把脑袋放下来一点。"

许三观就低下头去,李血头伸手把他的眼皮撑开:

"让我看看你的眼睛,看看你的眼睛里有没有黄疸肝炎……没有,再把舌头伸出来,让我看看你的肠胃……肠胃也不错,行啦,你可以卖血啦……你听着,按规矩是要抽一管血,先得检验你有没有病,今天我是看在阿方和根龙的面子上,就不抽你这一管血……再说我们今天算是认识了,这就算是我送给你的见面礼……"

他们三个人卖完血之后,就步履蹒跚地走向了医院的厕所,三个人都歪着嘴巴。许三观跟在他们身后,三个人谁也不敢说话,都低着头看着下面的路,似乎这时候稍一用劲肚子就会胀破了。

三个人在医院厕所的小便池前站成一排,撒尿时他们的牙根一阵阵剧烈地发酸,于是发出了一片牙齿碰撞的响声,和他们的尿冲在墙上时的声音一样响亮。

然后,他们来到了那家名叫胜利的饭店,饭店是在一座石桥的桥堍,它的屋顶还没有桥高,屋顶上长满了杂草,在屋檐前伸出来像是脸上的眉毛。饭店看上去没有门,门和窗连成一片,中间只是隔了两根木条,许三观他们就是从旁边应该是窗户的地方走了进去,他们坐在了靠窗的桌子前,窗外是那条穿过城镇的小河,河面上漂过去了几片青菜叶子。

阿方对着跑堂的喊道:"一盘炒猪肝,二两黄酒,黄酒给我温一温。"

根龙也喊道:"一盘炒猪肝,二两黄酒,我的黄酒也温一温。"

许三观看着他们喊叫,觉得他们喊叫时手拍着桌子很神气,他也学他们的样子，手拍着桌子喊道：

"一盘炒猪肝，二两黄酒，黄酒……温一温。"

没多少工夫，三盘炒猪肝和三盅黄酒端了上来，许三观拿起筷子准备去夹猪肝，他看到阿方和根龙是先拿起酒盅，眯着眼睛抿了一口，然后两个人的嘴里都吐出了咝咝的声音，两张脸上的肌肉像是伸懒腰似的舒展开来。

"这下踏实了。"阿方舒了口气说道。

许三观就放下筷子，也先拿起酒盅抿了一口，黄酒从他嗓子眼里流了进去，暖融融地流了进去，他嘴里不由自主地也吐出了咝咝的声音，他看着阿方和根龙嘿嘿地笑了起来。

阿方问他："你卖了血，是不是觉得头晕？"

许三观说："头倒是不晕，就是觉得力气没有了，手脚发软，走路发飘……"

阿方说："你把力气卖掉了，所以你觉得没有力气了。我们卖掉的是力气，你知道吗？你们城里人叫血，我们乡下人叫力气。力气有两种，一种是从血里使出来的，还有一种是从肉里使出来的，血里的力气比肉里的力气值钱多了。"

许三观问："什么力气是血里的？什么力气是肉里的？"

阿方说："你上床睡觉，你端着个碗吃饭，你从我阿方家走到他根龙家，走那么几十步路，用不着使劲，都是花肉里的力气。你要是下地干活，你要是挑着百十来斤的担子进城，这使劲的活，都是花血里的力气。"

许三观点着头说:"我听明白了,这力气就和口袋里的钱一样,先是花出去,再去挣回来。"

阿方点着头对根龙说:"这城里人就是聪明。"

许三观又问:"你们天天下地干重活,还有富余力气卖给医院,你们的力气比我多。"

根龙说:"也不能说力气比你多,我们比你们城里人舍得花力气,我们娶女人、盖屋子都是靠卖血挣的钱,这田地里挣的钱最多也就是不让我们饿死。"

阿方说:"根龙说得对,我现在卖血就是准备盖屋子,再卖两次,盖屋子的钱就够了。根龙卖血是看上了我们村里的桂花,本来桂花已经和别人订婚了,桂花又退了婚,根龙就看上她了。"

许三观说:"我见过那个桂花,她的屁股太大了,根龙你是不是喜欢大屁股?"

根龙嘿嘿地笑,阿方说:"屁股大的女人踏实,躺在床上像一条船似的,稳稳当当的。"

许三观也嘿嘿笑了起来,阿方问他:"许三观,你想好了没有?你卖血挣来的钱怎么花?"

"我还不知道该怎么花,"许三观说,"我今天算是知道什么叫血汗钱了,我在工厂里挣的是汗钱,今天挣的是血钱,这血钱我不能随便花掉,我得花在大事情上面。"

这时根龙说:"你们看到李血头裤裆里花花绿绿了吗?"

阿方一听这话嘿嘿笑了,根龙继续说:

"会不会是那个叫什么英的女人的短裤?"

"这还用说,两个人睡完觉以后穿错了。"阿方说。

"真想去看看,"根龙嬉笑着说,"那个女人是不是穿着李血头的短裤。"

第二章

许三观坐在瓜田里吃着西瓜,他的叔叔,也就是瓜田的主人站了起来,两只手伸到后面拍打着屁股,尘土就在许三观脑袋四周纷纷扬扬,也落到了西瓜上,许三观用嘴吹着尘土,继续吃着嫩红的瓜肉,他的叔叔拍完屁股后重新坐到田埂上,许三观问他:

"那边黄灿灿的是什么瓜?"

在他们的前面,在藤叶半遮半掩的西瓜地的前面,是一排竹竿支起的瓜架子,上面吊着很多圆滚滚金黄色的瓜,像手掌那么大,另一边的架子上吊着绿油油看上去长一些的瓜,它们都在阳光下闪闪发亮,风吹过去,先让瓜藤和瓜叶摇晃起来,然后吊在藤上的瓜也跟着晃动了。

许三观的叔叔把瘦胳膊抬了起来,那胳膊上的皮肤因为瘦都已经打皱了,叔叔的手指了过去:

"你是说黄灿灿的？那是黄金瓜；旁边的，那绿油油的是老太婆瓜……"

许三观说："我不吃西瓜了，四叔，我吃了有两个西瓜了吧？"

他的叔叔说："没有两个，我也吃了，我吃了半个。"

许三观说："我知道黄金瓜，那瓜肉特别香，就是不怎么甜，倒是中间的籽很甜，城里人吃黄金瓜都把籽吐掉，我从来不吐，从土里长出来的只要能吃，就都有营养……老太婆瓜，我也吃过，那瓜不甜，也不脆，吃到嘴里黏糊糊的，吃那种瓜有没有牙齿都一样……四叔，我好像还能吃，我再吃两个黄金瓜，再吃一个老太婆瓜……"

许三观在他叔叔的瓜田里一坐就是一天，到了傍晚来到的时候，许三观站了起来，落日的光芒把他的脸照得像猪肝一样通红，他看了看远处农家屋顶上升起的炊烟，拍了拍屁股上的尘土，然后双手伸到前面去摸胀鼓鼓的肚子，里面装满了西瓜、黄金瓜、老太婆瓜，还有黄瓜和桃子。许三观摸着肚子对他的叔叔说：

"我要去结婚了。"

然后他转过身去，对着叔叔的西瓜地撒起了尿，他说：

"四叔，我想找个女人去结婚了。四叔，这两天我一直在想这卖血挣来的三十五块钱怎么花。我想给爷爷几块钱，可是爷爷太老了，爷爷都老得不会花钱了。我还想给你几块钱，我爹的几个兄弟里，你对我最好。四叔，可我又舍不得给你，这是我卖血挣来的钱，不是我卖力气挣来的钱，我舍不得给。四叔，我刚才站起来的时候突然想到娶女人了。四叔，我卖血挣来的钱总算是花对地方了……四叔，我吃了一肚子的瓜，怎么像是喝了一斤酒似的，四叔，我的脸，我的脖子，我的脚底，我的手掌，都在一阵阵地发烧。"

第三章

许三观的工作就是推着一辆放满那些白茸茸蚕茧的小车,行走在一个很大的屋顶下面。他和一群年轻的姑娘每天都要嘻嘻哈哈,隆隆的机器声在他和她们中间响着,她们的手经常会伸过来,在他头上拍一下,或者来到他的胸口把他往后一推。如果他在她们中间选一个做自己的女人,一个在冬天下雪的时候和他同心协力将被子裹得紧紧的女人,他会看上林芬芳,那个辫子垂到了腰上的姑娘,笑起来牙齿又白又整齐,还有酒窝,她一双大眼睛要是能让他看上一辈子,许三观心想自己就会舒服一辈子。林芬芳也经常把她的手拍到他的头上,推到他的胸前,有一次还偷偷在他的手背上捏了一下,那一次他把最好的蚕茧送到了她这里,从此以后他就没法把不好的蚕茧送给她了。

另外一个姑娘也长得漂亮,她是一家小吃店里的服务员,在清晨的时候,她站在一口很大的油锅旁炸着油条,她经常啊呀啊呀地叫唤。沸腾起来的油溅到了她的手上,发现衣服上有一个地方脏了,走路时不小心滑了一下,或者看到下雨了,听到打雷了,她都会响亮地叫起来:

"啊呀……"

这个姑娘叫许玉兰,她的工作随着清晨的结束也就完成了,接下去的整个白昼里,她就无所事事地在大街上走来走去,她经常是嗑着瓜子走过来,走过来以后站住了,隔着大街与对面某一个相识的人大声说话,并且放声大笑,同时发出一声一声"啊呀"的叫唤,她的嘴唇上有时还沾着瓜子壳。当她张大嘴巴说话时,从她身边走过的人,能够幸运地呼吸到她嘴里散发出来的植物的香味。

她走过了几条街道以后,往往是走回到了家门口,于是她就回到家中,过了十多分钟以后她重新出来时,已经换了一身衣服,她继续走在了街道上。她每天都要换三套衣服,事实上她只有三套衣服;她还要换四次鞋,而她也只有四双鞋。当她实在换不出什么新花样时,她就会在脖子上增加一条丝巾。

她的衣服并不比别人多,可是别人都觉得她是这座城镇里衣服最多的时髦姑娘。她在大街上的行走,使她的漂亮像穿过这座城镇的河流一样被人们所熟悉,在这里人们都叫她油条西施……"你们看,油条西施走过来了。""油条西施走到布店里去了,她天天都要去布店买漂亮的花布。""不是,油条西施去布店是光看不买。""油条西施的脸上香喷喷的。""油条西施的手不漂亮,她的手太短,手指太粗。""她就是油条西施?"

油条西施,也就是许玉兰,有一次和一个名叫何小勇的年轻男子一起走过了两条街,两个人有说有笑,后来在一座木桥上,两个人站了很长时间,从夕阳西下一直站到黑夜来临。当时何小勇穿着干净的白衬衣,袖管卷到手腕上面,他微笑着说话时,一只手握住自己的手腕,他的这个动作使许玉兰十分着迷,这个漂亮的姑娘仰脸望着他时,眼睛里闪闪发亮。

接下去有人看到何小勇从许玉兰家门前走过,许玉兰刚好从屋子里出来,许玉兰看到何小勇就"啊呀"叫了一声,叫完以后许玉兰脸上笑吟吟地说:

"进来坐一会。"

何小勇走进了许玉兰的家,许玉兰的父亲正坐在桌前喝着黄酒,看到一个陌生的年轻男子跟在女儿身后走了进来,他的屁股往上抬了抬,然后发出了邀请:

"来喝一盅?"

此后,何小勇经常坐在了许玉兰的家中,与她的父亲坐在一起,两个人一起喝着黄酒,轻声说着话,笑的时候也常常是窃窃私笑。于是许玉兰经常走过去大声问他们:

"你们在说什么?你们为什么笑?"

也就是这一天,许三观从乡下回到了城里,他回到城里时天色已经黑了,那个年月城里的街上还没有路灯,只有一些灯笼挂在店铺的屋檐下面,将石板铺出来的街道一截一截地照亮,许三观一会黑一会亮地往家中走去,他走过戏院时,看到了许玉兰。油条西施站在戏院的大门口,两只灯笼的中间,斜着身体在那里嗑瓜子,她的脸蛋被灯笼照得通红。

许三观走过去以后,又走了回来,站在街对面笑嘻嘻地看着许玉兰,看着这个漂亮的姑娘如何让嘴唇一撅,把瓜子壳吐出去。许玉兰也看到了许三观,她先是瞟了他一眼,接着去看另外两个正在走过去的男人,看完以后她又瞟了他一眼,回头看看戏院里面,里面一男一女正在说着评书,她的头扭回来时看到许三观还站在那里。

"啊呀!"许玉兰终于叫了起来,她指着许三观说,"你怎么可以这样盯着我看呢?你还笑嘻嘻的!"

许三观从街对面走了过来,走到这个被灯笼照得红彤彤的女人面前,他说:

"我请你去吃一客小笼包子。"

许玉兰说:"我不认识你。"

"我是许三观,我是丝厂的工人。"

"我还是不认识你。"

"我认识你,"许三观笑着说,"你就是油条西施。"

许玉兰一听这话，咯咯咯咯地笑了起来，她说：

"你也知道？"

"没有人不知道你……走，我请你去吃小笼包子。"

"今天我吃饱了，"许玉兰笑眯眯地说，"你明天请我吃小笼包子吧。"

第二天下午，许三观把许玉兰带到了那家胜利饭店，坐在靠窗的桌子旁，也就是他和阿方、根龙吃炒猪肝喝黄酒的桌前，他像阿方和根龙那样神气地拍着桌子，对跑堂的叫道：

"来一客小笼包子。"

他请许玉兰吃了一客小笼包子，吃完小笼包子后，许玉兰说她还能吃一碗馄饨，许三观又拍起了桌子：

"来一碗馄饨。"

许玉兰这天下午笑眯眯地还吃了话梅，吃了话梅以后说嘴咸，又吃了糖果，吃了糖果以后说口渴，许三观就给她买了半个西瓜，她和许三观站在了那座木桥上，她笑眯眯地把半个西瓜全吃了下去，然后她笑眯眯地打起了嗝。当她的身体一抖一抖地打嗝时，许三观数着手指开始算一算这个下午花了多少钱。

"小笼包子两角四分，馄饨九分钱，话梅一角，糖果买了两次共计两角三分，西瓜半个有三斤四两花了一角七分，总共是八角三分钱……你什么时候嫁给我？"

"啊呀！"许玉兰惊叫起来，"你凭什么要我嫁给你？"

许三观说:"你花掉了我八角三分钱。"

"是你自己请我吃的,"许玉兰打着嗝说,"我还以为是白吃的呢,你又没说吃了你的东西就要嫁给你……"

"嫁给我有什么不好?"许三观说,"你嫁给我以后,我会疼你护着你,我会经常让你一个下午就吃掉八角三分钱。"

"啊呀,"许玉兰叫了起来,"要是我嫁给了你,我就不会这么吃了,我嫁给你以后就是吃自己的了,我舍不得……早知道是这样,我就不吃了。"

"你也不用后悔,"许三观安慰她,"你嫁给我就行了。"

"我不能嫁给你,我有男朋友了,我爹也不会答应的,我爹喜欢何小勇……"

于是,许三观就提着一瓶黄酒一条大前门香烟,来到许玉兰家,他在许玉兰父亲的对面坐了下来,将黄酒和香烟推了过去,然后滔滔不绝地说了起来:

"你知道我爹吧?我爹就是那个有名的许木匠,他老人家活着的时候专给城里大户人家做活,他做出来的桌子谁也比不上,伸手往桌面上一摸,就跟摸在绸缎上一样光滑。你知道我妈吧?我妈就是金花,你知道金花吗?就是那个城西的美人,从前别人都叫她城西美人,我爹死了以后她嫁给了一个国民党连长,后来跟着那个连长跑了。我爹只有我这么一个儿子,我妈和那个连长是不是生了我就不知道了。我叫许三观,我两个伯伯的儿子比我大,我在许家排行老三,所以我叫许三观,我是丝厂的工人,我比何小勇大两岁,比他早三年参加工作,我的钱肯定比他多,他想娶许玉兰还得筹几年钱,我结婚的钱都准备好了,我是万事皆备只欠东风了。"

许三观又说:"你只有许玉兰一个女儿,许玉兰要是嫁给了何小勇,你家就断后了,生出来的孩子不管是男是女,都得姓何。要是嫁给了我,我本来就姓许,生下来的孩子也不管是男是女,都姓许,你们许家后面的香火也就接上了,说起来我娶了许玉兰,其实我就和倒插门的女婿一样。"

许玉兰的父亲听到最后那几句话,嘿嘿笑了起来,他看着许三观,手指在桌上笃笃地敲着,他说:

"这一瓶酒,这一条香烟,我收下了。你说得对,我女儿要是嫁给了何小勇,我许家就断后了。我女儿要是嫁给了你,我们两个许家的香火都接上了。"

许玉兰知道父亲的选择以后,坐在床上掉出了眼泪,她的父亲和许三观站在一旁,看着她呜呜地用手背抹着眼泪,她的父亲对许三观说:

"看到了吗?这就是女人,高兴的时候不是笑,而是哭上了。"

许三观说:"我看她像是不高兴。"

这时候许玉兰说话了,她说:"我怎么去对何小勇说呢?"

她父亲说:"你就去对他说,你要结婚了,新郎叫许三观,新郎不叫何小勇。"

"这话我怎么说得出口？他要是想不开，一头往墙上撞去，我可怎么办？"

"他要是一头撞死了，"她父亲说，"你就可以不说话了。"

许玉兰的心里放不下那个名叫何小勇的男人，那个说话时双手喜欢握住自己手腕的男人，他差不多天天都要微笑着来到她家，隔上几天就会在手里提上一瓶黄酒，与她的父亲坐在一起，喝着酒说着话，有时是嘿嘿地笑。有那么两次，趁着她的父亲去另一条街上的厕所时，他突然把她逼到了门后，用他的身体把她的身体压在了墙上，把她吓得心里咯咯乱跳。第一次她除了心脏狂跳一气，没有任何别的感受；第二次她发现了他的胡子，他的胡子像是刷子似的在她脸上乱成一片。

第三次呢？在夜深人静时，许玉兰躺在床上这样想，她心里咯咯跳着去想她的父亲如何站起来，走出屋门，向另一条街的厕所走去，接着何小勇霍地站起来，碰倒了他坐的凳子，第三次把她压在了墙上。

许玉兰把何小勇约到了那座木桥上，那是天黑的时候，许玉兰一看到何小勇就呜呜地哭了起来，她告诉何小勇，一个名叫许三观的人请她吃了小笼包子，吃了话梅、糖果还有半个西瓜，吃完以后她就要嫁给他了。何小勇看到有人走过来，就焦急地对许玉兰说：

"喂,喂,别哭,你别哭,让别人看到了,我怎么办?"

许玉兰说:"你替我去还给许三观八角三分钱,这样我就不欠他什么了。"

何小勇说:"我们还没有结婚,就要我去替你还债?"

许玉兰又说:"何小勇,你就到我家来做倒插门女婿吧,要不我爹就把我给许三观了。"

何小勇说:"你胡说八道,我堂堂何小勇怎么会上你家倒插门呢?以后我的儿子们全姓许?不可能。"

"那我只好去嫁给许三观了。"

一个月以后,许玉兰嫁给了许三观。她要一件大红的旗袍,准备结婚时穿,许三观给她买了那件旗袍;她要两件棉袄,一件大红一件大绿,准备冬天的时候穿上它们,许三观给她买了一红一绿两块绸缎,让她空闲时自己做棉袄。她说家里要有一个钟,要有一面镜子,要有床有桌子有凳子,要有洗脸盆,还要有马桶……许三观说都有了。

许玉兰觉得许三观其实不比何小勇差,论模样比何小勇还英俊几分,口袋里的钱也比何小勇多,而且看上去力气也比何小勇大。于是她看着许三观时开始微微笑起来,她对许三观说:

"我是很能干的,我会做衣服,会做饭。你福气真是好,娶了我做你的女人……"

许三观坐在凳子上笑着连连点头,许玉兰继续说:

"我长得又漂亮,人又能干,往后你身上里里外外的衣服都由我来裁缝了,家里的活也是我的,就是那些重的活,像买米买煤什么的要你干,别的都不会让你插手,我会很心疼你的,你福气真是太好了,是不是?你怎么不点头呢?"

"我点头了,我一直在点头。"许三观说。

"对了,"许玉兰想起了什么,她说,"你听着,到了我过节的时候,我就什么都不做了,就是淘米洗菜的事我都不能做,我要休息了,那几天家里的活全得由你来做了,你听到了没有?你为什么不点头呢?"

许三观点着头问她:"你过什么节?多长时间过一次?"

"啊呀,"许玉兰叫道,"我过什么节你都不知道?"

许三观摇着头说:"我不知道。"

"就是来月经。"

"月经?"

"我们女人来月经你知道吗?"

"我听说过。"

"我说的就是来月经的时候,我什么都不能做了,我不能累,也不能碰冷水,一累一碰上冷水我就要肚子疼,就要发烧……"

第四章

助产的医生说:"还没到疼的时候你就哇哇乱叫了。"

许玉兰躺在产台上,两条腿被高高架起,两条胳膊被绑在产台的两侧,医生让她使劲,疼痛使她怒气冲冲,她一边使劲一边破口大骂起来:

"许三观!你这个狗娘养的……你跑哪儿去啦……我疼死啦……你跑哪儿去了呀……你这个挨刀子的王八蛋……你高兴了!我疼死啦你就高兴了……许三观你在哪里呀……你快来帮我使劲……我快不行了……许三观你快来……医生!孩子出来了没有?"

"使劲。"医生说,"还早着呢。"

"我的妈呀……许三观……全是你害的……你们男人都不是好东西……你们只图自己快活……你们干完了就完了……我们女人

苦啊！疼死我……我怀胎十个月……疼死我啦……许三观你在哪里呀……医生！孩子出来了没有？"

"使劲。"医生说，"头出来啦。"

"头出来了……我再使把劲……我没有劲了……许三观，你帮帮我……许三观，我要死了……我要死了……"

助产的医生说："都生第二胎了，还这样吼叫。"

许玉兰大汗淋漓，呼呼喘着气，一边呻吟一边吼叫：

"啊呀呀……疼啊！疼啊……许三观……你又害了我呀……啊呀呀……我恨死你了……疼啊……我要是能活过来……啊呀……我死也不和你同床啦……疼啊……你笑嘻嘻……你跪下……你怎么求我我都不答应……我都不和你同床……啊呀，啊呀……疼啊……我使劲……我还要使劲……"

助产的医生说："使劲，再使劲。"

许玉兰使足了劲，她的脊背都拱了起来，她喊叫着：

"许三观！你这个骗子！你这个王八蛋！你这个挨刀子的……许三观！你黑心烂肝！你头上长疮……"

"喊什么？"护士说，"都生出来了，你还喊什么？"

"生出来了？"许玉兰微微撑起身体，"这么快。"

许玉兰在五年时间里生下了三个儿子，许三观给他三个儿子取名为许一乐，许二乐，许三乐。

有一天，在许三乐一岁三个月的时候，许玉兰揪住许三观的耳朵问他：

"我生孩子时，你是不是在外面哈哈大笑？"

"我没有哈哈大笑，"许三观说，"我只是嘿嘿地笑，没有笑出声音。"

"啊呀，"许玉兰叫道，"所以你让三个儿子叫一乐，二乐，三乐，我在产房里疼了一次，二次，三次；你在外面乐了一次，二次，三次，是不是？"

第五章

　　城里很多认识许三观的人，在二乐的脸上认出了许三观的鼻子，在三乐的脸上认出了许三观的眼睛，可是在一乐的脸上，他们看不到来自许三观的影响。他们开始在私下里议论，他们说一乐这个孩子长得一点都不像许三观，一乐这孩子的嘴巴长得像许玉兰，别的也不像许玉兰。一乐这孩子的妈看来是许玉兰，这孩子的爹是许三观吗？一乐这颗种子是谁播到许玉兰身上去的？会不会是何小勇？一乐的眼睛，一乐的鼻子，还有一乐那一对大耳朵，越长越像何小勇了。

　　这样的话传到了许三观的耳中，许三观就把一乐叫到面前，仔细看了一会，那时候一乐才只有九岁，许三观仔细看了一会后还是拿不定主意，他就把家里唯一的那面镜子拿了过来。

　　这面镜子还是他和许玉兰结婚时买的，许玉兰一直把它放在窗台上，每天早晨起床以后她就会站到窗前，看看窗外的树木，看看镜子里的自己，把头发梳理整齐，往脸蛋上抹一层香气很浓的雪花膏。后来，一乐长高了，一乐伸手就能抓住窗台上的镜子；接着二乐也长高了，也能抓到窗台上的镜子；等到三乐长高时，这面镜子还是放在窗台上，这面镜子就被他们打碎了。最大的一片是个三角，像鸡蛋那么大。许玉兰就将这最大的一片三角捡起来，继续放到窗台上。

现在，许三观将这面三角形的残镜拿在了手中，他照着自己的眼睛看了一会，再去看一乐的眼睛，都是眼睛；他又照着自己的鼻子看了一会，又去看一乐的鼻子，都是鼻子……许三观心里想：都说一乐长得不像我，我看着还是有点像。

一乐看到父亲眼睛发呆地看着自己，就说：

"爹，你看看自己又看看我，你在看些什么？"

许三观说："我看你长得像不像我。"

"我听他们说，"一乐说，"说我长得像机械厂的何小勇。"

许三观说："一乐，你去把二乐、三乐给我叫来。"

许三观的三个儿子来到他面前，他要他们一排坐在床上，自己搬着凳子坐在对面。他把一乐、二乐、三乐顺着看了过去，然后三乐、二乐、一乐又倒着看了过来，他的三个儿子嘻嘻笑着，三个儿子笑起来以后，许三观看到这三兄弟的模样像起来了，他说：

"你们笑，"他的身体使劲摇摆起来，"你们哈哈哈哈地笑。"

儿子们看到他滑稽的摆动后哈哈哈哈地笑起来了，许三观也跟着笑起来，他说：

"这三个崽子越笑越长得像。"

许三观对自己说："你们说一乐长得不像我，可一乐和二乐、三乐长得一个样……儿子长得不像爹，儿子长得和兄弟像也一样……没有人说二乐、三乐不像我，没有人说二乐、三乐不是我的儿子……一乐不像我没关系，一乐像他的弟弟就行了。"

许三观对儿子们说："一乐知道机械厂的何小勇，二乐和三乐是不是也知道……你们不知道，没关系……对，就是一乐说的那个人，住在城西老邮政弄，经常戴着鸭舌帽的那个人，你们听着，那个人叫何小勇，记住了吗？二乐和三乐给我念一遍……对，你们听着，那个何小勇不是个好人，记住了吗？为什么不是好人？你们听着，从前，那时候还没有你们，你们的妈还没有把你们生出来，何小勇天天到你们外公家去，去做什么呢？去和你们外公喝酒，那个时候你们的妈还没有嫁给我，何小勇天天去，隔几天手里提上一瓶酒。后来，你们的妈嫁给了我，何小勇还是经常上你们外公家去喝酒。你们听着，自从你们的妈嫁给我以后，何小勇就再也不送酒给你们外公了，倒是喝掉了你们外公十多瓶酒……有一天，你们的外公看到何小勇来了，就站起来说：'何小勇，我戒酒啦。'后来，何小勇就再也不敢上你们外公家去喝酒了。"

城里很多认识许三观的人,在二乐的脸上认出了许三观的鼻子,在三乐的脸上认出了许三观的眼睛,可是在一乐的脸上,他们看不到来自许三观的影响。他们开始在私下里议论,他们说一乐这个孩子长得一点都不像许三观。一乐这孩子的嘴巴长得像许玉兰,别的也不像许玉兰。一乐这孩子的妈看来是许玉兰,这孩子的爹是许三观吗?一乐这颗种子是谁播到许玉兰身上去的?会不会是何小勇?一乐的眼睛,一乐的鼻子,还有一乐那一对大耳朵,越长越像何小勇了。

说一乐像何小勇的话一次又一次传到许三观的耳中,许三观心想他们一遍又一遍地说,他们说起来没完没了,他们说的会不会是真的?许三观就走到许玉兰的面前,他说:

"你听到他们说了吗?"

许玉兰知道许三观问的是什么,她放下手里正在洗的衣服,撩起围裙擦着手上的肥皂沫走到门口,一屁股坐在了门槛上,许玉兰边哭边问自己:

"我前世造了什么孽啊?"

许玉兰坐在门口大声一哭,把三个儿子从外面引了回来,三个儿子把她围在中间,胆战心惊地看着越哭越响亮的母亲。许玉兰抹了一把眼泪,像是甩鼻涕似的甩了出去,她摇着头说:

"我前世造了什么孽啊?我一没有守寡,二没有改嫁,三没有偷汉,可他们说我三个儿子有两个爹,我前世造了什么孽啊?我三个儿子明明只有一个爹,他们偏说有两个爹……"

许三观看到许玉兰坐到门槛上一哭,脑袋里就嗡嗡叫起来,他在许玉兰的背后喊:

"你回来,你别坐在门槛上,你哭什么?你喊什么?你这个女人没心没肺,这事你能哭吗?这事你能喊吗?你回来……"

他们的邻居一个一个走过来,他们说:

"许玉兰,你哭什么……是不是粮票又不够啦……是不是许三观欺负你了,许三观!许三观呢?……刚才还听到他在说话……许玉兰,你哭什么?是不是丢了什么东西……是不是又欠了别人的钱……是不是儿子在外面闯祸了……"

二乐说:"不是,你们说的都不是,我妈哭是因为一乐长得像何小勇。"

他们说:"哦……是这样。"

一乐说:"二乐,你回去,你别在这里站着。"

二乐说:"我不回去。"

三乐说:"我也不回去。"

一乐说:"妈,你别哭了,你回去。"

许三观在里屋咬牙切齿,心想这个女人真是又笨又蠢,都说家丑不可外扬,可是这个女人只要往门槛上一坐,什么丑事都会被喊出去。他在里屋咬牙切齿,听到许玉兰还在外面哭诉。

许玉兰说:"我前世造了什么孽啊?我一没有守寡,二没有改嫁,三没有偷汉,我生了三个儿子……我前世造了什么孽啊,让我今世认识了何小勇,这个何小勇啊,他倒好,什么事都没有,我可怎么办啊?这一乐越长越像他,就么么一次,后来我再也没有答应,就那么一次,一乐就越长越像他了……"

什么?就那么一次?许三观身上的血全涌到脑袋里去了,他一脚踢开了里屋的门,对着坐在外屋门槛上的许玉兰吼道:

"你他妈的给我回来!"

许三观的吼声把外面的人全吓了一跳,许玉兰一下子就不哭了,也不说话,她扭头看着许三观。许三观走到外屋的门口,一把将许玉兰拉起来,他冲着外面的人喊道:

"滚开!"

然后要去关门,他的三个儿子想进来,他又对儿子们喊道:

"滚开!"

他关上了门,把许玉兰拉到了里屋,再把里屋的门关上,接着一巴掌将许玉兰掼到了床上,他喊道:

"你让何小勇睡过?"

许玉兰捂着脸蛋呜呜地哭,许三观再喊道:

"你说!"

许玉兰呜呜地说:"睡过。"

"几次?"

"就一次。"

许三观把许玉兰拉起来,又捆了一记耳光,他骂道:

"你这个婊子,你还说你没有偷汉……"

"我是没有偷汉,"许玉兰说,"是何小勇干的,他先把我压在了墙上,又把我拉到了床上……"

"别说啦!"

许三观喊道,喊完以后他又想知道是怎么回事,就说:

"你就不去推他?咬他?踢他?"

"我推了,我也踢了。"许玉兰说,"他把我往墙上一压就捏住了我的两个奶子……"

"别说啦!"

许三观喊着给了许玉兰左右两记耳光,打完耳光以后,他还是想知道是怎么一回事,他说:

"他捏住了你的奶子,你就让他睡啦?"

许玉兰双手捧着自己的脸,眼睛也捧在了手上。

"你说!"

"我不敢说,"许玉兰摇了摇头,"我一说你就给我吃耳光,我的眼睛被你打得昏昏沉沉,我的牙齿被你打得又酸又疼,我的脸像是被火在烧一样。"

"你说!他捏住了你的奶子以后……"

"他捏住了我的奶子,我就一点力气都没有了。"

"你就跟他上床啦?"

"我一点力气都没有了,是他把我拖到床上去的……"

"别说啦!"

许三观喊着往许玉兰的大腿上踢了一脚,许玉兰疼得发不出任何声音了。许三观说:

"是不是在我们家?是不是就在这张床上?"

过了一会,许玉兰才说:

"是在我爹家。"

许三观觉得自己累了,他就在一只凳子上坐了下来,他开始伤心起来,他说:

"九年啊,我高兴了九年,到头来一乐不是我儿子;我白高兴了……我他妈的白养了一乐九年,到头来一乐是人家的儿子……"

许三观说着突然想起了什么,他一下子从凳子上站起来,对着许玉兰又吼叫起来:

"你的第一夜是让何小勇睡掉的?"

"不是,"许玉兰哭着说,"第一夜是给你睡掉的……"

"我想起来了,"许三观说,"你第一夜肯定是被何小勇睡掉的,我说点一盏灯,你就是不让点灯,我现在才知道,你是怕我看出来,看出来你和何小勇睡过了……"

"我不让你点灯,"许玉兰哭着说,"那是我不好意思……"

"你第一夜肯定是被何小勇睡掉的,要不为什么不是二乐像他?不是三乐像他?偏偏是一乐像那个王八蛋。我的女人第一夜是被别人睡掉的，所以我的第一个儿子是别人的儿子，我许三观往后哪还有脸去见人啊……"

"许三观，你想一想，我们的第一夜见红了没有？"

"见红了又怎么样？你这个婊子那天正在过节。"

"天地良心啊……"

第六章

许三观躺在藤榻里，两只脚架在凳子上，许玉兰走过来说：

"许三观，家里没有米了，只够晚上吃一顿，这是粮票，这是钱，这是米袋，你去粮店把米买回来。"

许三观说："我不能去买米，我现在什么事都不做了，我一回家就要享受。你知道什么叫享受吗？就是这样，躺在藤榻里，两只脚架在凳子上。你知道我为什么要享受吗？就是为了罚你，你犯了生活错误，你背着我和那个王八蛋何小勇睡觉了，还睡出个一乐来，这么一想我气又上来了。你还想让我去买米？你做梦去吧。"

许玉兰说："我扛不起一百斤米。"

许三观说："扛不起一百斤，就扛五十斤。"

"五十斤我也扛不起。"

"那你就扛二十五斤。"

许玉兰说："许三观，我正在洗床单，这床单太大了，你帮我揪一把水。"
许三观说："不行，我正躺在藤榻里，我的身体才刚刚舒服起来，我要是一动就不舒服啦。"

许玉兰说："许三观，你来帮我搬一下这只箱子，我一个人搬不动它。"
许三观说："不行，我正躺在藤榻里享受呢……"

许玉兰说："许三观，吃饭啦。"
许三观说："你把饭给我端过来，我就坐在藤榻里吃。"

许玉兰问："许三观，你什么时候才能享受完了？"
许三观说："我也不知道。"

许玉兰说："一乐，二乐，三乐都睡着了，我的眼睛也睁不开了，你什么时候在藤榻里享受完了，你就上床来睡觉。"
许三观说："我现在就上床来睡觉。"

第七章

许三观在丝厂做送茧工,有一个好处就是每个月都能得到一副线织的白手套,车间里的女工见了都很羡慕,她们先是问:

"许三观,你几年才换一副新的手套?"

许三观举起手上那副早就破烂了的手套,他的手一摇摆,那手套上的断线和一截一截的断头就像拨浪鼓一样晃荡起来,许三观说:

"这副手套戴了三年多了。"

她们说:"这还能算是手套?我们站得这么远,你十根手指都看得清清楚楚。"

许三观说:"一年新,两年旧,缝缝补补再三年,这手套我还能戴三年。"

她们说:"许三观,你一副手套戴六年,厂里每个月给你一副手套，六年你有七十二副手套，你用了一副，还有七十一副，你要那么多手套干什么？你把手套给我们吧，我们半年才只有一副手套……"

许三观把新发下来的手套叠得整整齐齐，放进自己的口袋，然后笑嘻嘻地回家了。回到家里，许三观把手套拿出来交给许玉兰，许玉兰接过来以后第一个动作就是走到门外，将手套举过头顶，借着白昼的光亮，看一看这崭新的手套是粗纺的，还是精纺的。如果是精纺的手套，许玉兰就突然喊叫起来：

"啊呀！"

经常把许三观吓了一跳，以为这个月发下来的手套被虫咬坏了。

"是精纺的！"

每个月里有两个日子，许玉兰看到许三观从厂里回来后，就向他伸出手，说：

"给我。"

这两个日子，一个是发薪水，另一个就是发手套那一天。许玉兰把手套放到箱子的最底层，积到了四副手套时，就可以给三乐织一件线衣；积到了六副时能给二乐织一件线衣；到了八九副，一乐也有了一件新的线衣，许三观的线衣，手套不超过二十副，许玉兰不敢动手，她经常对许三观说：

"你胳肢窝里的肉越来越厚了，你腰上的肉也越来越多了，你的肚子再大起来，现在二十副手套也不够了……"

许三观就说："那你就给自己织吧。"

许玉兰说："我现在不织。"

许玉兰要等到精纺的手套满十七八副以后，才给自己织线衣。精纺的手套，许三观一年里也只能拿回来两三副。他们结婚九年，前面七年的累积，让许玉兰给自己织了一件精纺的线衣。

那件线衣织成时，正是春暖花开的时候，许玉兰在井旁洗了头发，又坐在屋门口，手里举着那面还没有被摔破的镜子，指挥着许三观给她剪头发，剪完头发后她坐在阳光里将头发晒干，然后往脸上抹了很厚一层的雪花膏，香喷喷地穿上了那件刚刚织成的精纺线衣，还从箱底翻出结婚前的丝巾，系在脖子上，一只脚跨出了门槛，另一只脚抬了抬又放在了原地，她回头对许三观说：

"今天你淘米洗菜做饭，今天我要过节了，今天我什么活都不干了，我走了，我要去街上走一走。"

许三观说："你上一个星期才过了节，怎么又要过节了？"

许玉兰说："我不是来月经，你没有看见我穿上精纺线衣了？"

那件精纺的线衣，许玉兰一穿就是两年，洗了有五次，这中间还补了一次，许玉兰拆了一只也是精纺的手套，给线衣缝补。许玉兰盼着许三观能够经常从厂里拿回来精纺的手套，这样……她对许三观说：

"我就会有一件新的线衣了。"

许玉兰决定拆手套的时候，总是在前一天晚上睡觉前把窗户打开，把头探出去看看夜空里是不是星光灿烂，当她看到月亮闪闪发亮，又看到星星闪闪发亮，她就会断定第二天阳光肯定很好，到了第二天，她就要拆手套了。

拆手套要有两个人，许玉兰找到手套上的线头，拉出来以后，就可以一直往下拉了，她要把拉出来的线绕到两条伸开的胳膊上，将线拉直了。手套上拉出来的线弯弯曲曲，没法织线衣，还要浸到水里去，在水里浸上两三个小时，再套到竹竿上在阳光里晒干，水的重量会把弯曲的线拉直了。

许玉兰要拆手套了，于是她需要两条伸开的胳膊，她就叫：

"一乐，一乐……"

一乐从外面走进来，问他母亲：

"妈，你叫我？"

许玉兰说："一乐，你来帮我拆手套。"

一乐摇摇头说："我不愿意。"

一乐走后，许玉兰就去叫二乐：

"二乐，二乐……"

二乐跑回家看到是要他帮着拆手套，高高兴兴地在小凳子上坐下来，伸出他的两条胳膊，让母亲把拉出来的线绕到他的胳膊上。那时候三乐也走过来了，三乐走过来站在二乐身旁，也伸出了两条胳膊，他的身体还往二乐那边挤，想把二乐挤掉。许玉兰看到

三乐伸出了两条胳膊,就说:

"三乐,你走开,你手上全是鼻涕。"

许玉兰和二乐在那里一坐,两个人就会没完没了地说话,一个三十岁的女人和一个八岁的男孩,说起话来就像是两个三十岁的女人或者是两个八岁的男孩,两个人吃完饭,两个人睡觉前,两个人一起走在街上,两个人经常越说越投机。

许玉兰说:"我看见城南张家的姑娘,越长越漂亮了。"

二乐问:"是不是那个辫子拖到屁股上的张家姑娘?"

许玉兰说:"是的,就是有一次给你一把西瓜子吃的那个姑娘,是不是越长越漂亮了?"

二乐说:"我听见别人叫她张大奶子。"

许玉兰说:"我看见丝厂的林芬芳穿着一双白球鞋,里面是红颜色的尼龙袜子。红颜色的尼龙袜子我以前见过,我们家斜对面的林萍萍前几天还穿着,女式的白球鞋我还是第一次见到。"

二乐说:"我见过,在百货店的柜台里就摆着一双。"

许玉兰说:"男式的白球鞋我见过不少,林萍萍的哥哥就有一双,还有我们这条街上的王德福。"

二乐说:"那个经常到王德福家去的瘦子也穿着白球鞋。"

许玉兰说:"……"

二乐说:"……"

许玉兰与一乐就没有那么多话可说了,一乐总是不愿意跟着

许玉兰,不愿意和许玉兰在一起做些什么。许玉兰要上街去买菜了,她向一乐叫道:

"一乐,替我提上篮子。"

一乐说:"我不愿意。"

"一乐,你来帮我穿一下针线。"

"我不愿意。"

"一乐,把衣服收起来叠好。"

"我不愿意。"

"一乐……"

"我不愿意。"

许玉兰恼火了,她冲着一乐吼道:

"什么你才愿意?"

许三观在屋里来回踱着步,仰头看着屋顶,他看到有几丝阳光从屋顶的几个地方透了进来,他就说:

"我要上屋顶去收拾一下,要不雨季一来,外面下大雨,这屋里就会下小雨。"

一乐听到了,就对许三观说:

"爹,我去借一把梯子来。"

许三观说:"你还小,你搬不动梯子。"

一乐说:"爹,我先把梯子借好了,你再去搬。"

梯子搬来了,许三观要从梯子爬到屋顶上去,一乐就说:

"爹，我替你扶住梯子。"

许三观爬到了屋顶上，踩得屋顶吱吱响，一乐在下面也忙开了，他把许三观的茶壶拿到了梯子旁，又端一个脸盆出来，放上水，放上许三观的毛巾，然后双手捧着茶壶，仰起头喊道：

"爹，你下来歇一会，喝一壶茶。"

许三观站在屋顶上说："不喝茶，我刚上来。"

一乐将许三观的毛巾拧干，捧在手里，过了一会又喊道：

"爹，你下来歇一会，擦一把汗。"

许三观蹲在屋顶上说："我还没有汗。"

这时候三乐摇摇摆摆地走过来了，一乐看到三乐过来了，就挥手要他走开，他说：

"三乐，你走开。这里没你的事。"

三乐不肯走开，他走到梯子前扶住梯子。一乐说：

"现在用不着扶梯子。"

三乐就坐在了梯子最下面的一格上，一乐没有办法，仰起头向许三观喊：

"爹，三乐不肯走开。"

许三观在屋顶上对着三乐吼道：

"三乐，你走开，这瓦片掉下来会把你砸死的。"

一乐经常对许三观说："爹，我不喜欢和妈她们在一起，她们说来说去就是说一些谁长得漂亮，谁衣服穿得好。我喜欢和你们男人在一起，你们说什么话，我都喜欢听。"

许三观提着木桶去井里打水，吊在木桶把手上的麻绳在水里浸过上百次了，又在阳光里晒过上百次，这一次许三观将木桶扔下去以后，没有把木桶提上来，只提上来一截断掉的麻绳，木桶掉到了井底，被井水吃了进去。

许三观回到家中，在屋檐里取下一根晾衣服的竹竿，又搬一把凳子坐在了门口，他用钳子把一截粗铁丝弯成一个钩，又找来细铁丝将铁钩绑在了竹竿的梢头上。一乐看到了，走过来问：

"爹，是不是木桶又掉到井里去了？"

许三观点点头，对一乐说：

"一乐，你帮我扛着竹竿。"

一乐就坐在了地上，将竹竿扛到肩上，看着许三观把铁钩绑结实了，然后他用肩膀扛着竹竿的这一头，许三观用手提着竹竿的另一头，父子两个人来到了井边。

通常只要一个钟头的时间，许三观将竹竿伸到井水里，摸索几十分钟，或者摸索一个钟头，就能钩住那只木桶的把手，然后就能将木桶提上来。这一次他摸索了一个半钟头了，还没有钩住木桶的把手，他擦着脸上的汗说：

"上面没有，左边没有，右边没有，四周都没有，这把手一定被木桶压在下面了，这下完了，这下麻烦了。"

许三观将竹竿从井里取出来，搁在井台上，两只手在自己头

上摸来摸去,不知道该怎么办。一乐扒在井边往里面看了一会,对他的父亲说:

"爹,你看我热得身上全是汗……"

许三观嘴里嗯了一声,一乐又说:

"爹,你记得吗?我有一次把脸埋在脸盆的水里,我在水里埋了一分钟二十三秒,中间没有换过一次气。"

许三观说:"这把手压到下面去了,这他妈的怎么办?"

一乐说:"爹,这井太高了,我不敢往下跳;爹,这井太高了,我下去以后爬不上来。爹,你找一根麻绳绑在我的腰上,把我一点一点放下去,我扎一个猛子,能扎一分钟二十三秒,我去把木桶抓住,你再把我提上来。"

许三观一听,心想一乐这崽子的主意还真不错,就跑回家去找了一根崭新的麻绳,他不敢用旧麻绳,万一一乐也像木桶那样被井水吃了进去,那可真是完蛋了。

许三观将一根麻绳的两头从一乐两条大腿那里绕过来,又系在了一乐腰里的裤带上,然后把一乐往井里一点一点放下去……这时三乐又摇摇摆摆地过来了,许三观看到三乐走过来,就说:

"三乐,你走开,你会掉到井里去的。"

许三观经常对三乐说:"三乐,你走开……"

许玉兰也经常对三乐说:"三乐,你走开……"

还有一乐和二乐,有时也说:"三乐,你走开……"

他们让三乐走开，三乐只好走开去，他经常一个人在大街上游荡，吞着口水在糖果店外面站很久，一个人蹲在河边看着水里的小鱼小虾，贴着木头电线杆听里面嗡嗡的电流声，在别人的家门口抱着膝盖睡着了……他经常走着走着都不知道自己走到什么地方了，然后就问着路回到家中。

许三观经常对许玉兰说："一乐像我，二乐像你，三乐这小崽子像谁呢？"

许三观说这样的话，其实是在说三个儿子里他最喜欢一乐，到头来偏偏是这个一乐，成了别人的儿子。有时候许三观躺在藤榻里，想着想着会伤心起来，会掉出来眼泪。

许三观掉眼泪的时候，三乐走了过来，他看到父亲在哭，也在一旁跟着父亲哭了。他不知道父亲为什么哭，也不知道自己为什么哭。父亲的伤心传染给了他，就像别人打喷嚏的时候，他也会跟着打喷嚏一样。

许三观哭着的时候，发现身边有一个人哭得比他还伤心，扭头一看是三乐这小崽子，就对他挥挥手说：

"三乐，你走开。"

三乐只好走开去。这时候三乐已经是一个七岁的男孩子，他手里拿着一个弹弓，口袋里装满了小石子，走来走去，看到在屋檐上行走或者在树枝上跳跃的麻雀，就用弹弓瞄准了，把小石子打出去，他打不着麻雀倒是把它们吓得胡乱飞起，叽叽喳喳地逃之夭夭。他站在那里气愤地向逃亡的麻雀喊叫：

"回来，你们回来。"

三乐的弹弓经常向路灯瞄准，经常向猫、向鸡、向鸭子瞄准，经常向晾在竹竿上的衣服、挂在窗口的鱼干，还有什么玻璃瓶、篮子、漂在河面上的蔬菜叶子瞄准。有一次，他将小石子打在一个男孩的脑袋上。

那个男孩和三乐一样的年纪，他好端端地在街上走着，突然脑袋上挨了一颗石子，他的身体摇晃了几下，又伸手在挨了石子的地方摸了一会，然后才哇哇地哭了起来。他哭着转过身体来，看到三乐手里拿着弹弓对着他嘻嘻笑，他就边哭边走到三乐面前，伸手给了三乐一记耳光，那记耳光没有打在三乐的脸上，而是打在三乐的后脑勺上。三乐挨了一记耳光，也伸手还给了他一记耳光，两个孩子就这样轮流着一人打对方一记耳光，把对方的脸拍得噼啪响，不过他们的哭声更为响亮，三乐也在哇哇地哭了。

那个孩子说："我要叫我的哥哥来，我有两个哥哥，我哥哥会把你揍扁的。"

三乐说："你有两个哥哥，我也有两个哥哥，我的两个哥哥会把你的两个哥哥揍扁。"

于是两个孩子开始商量，他们暂时不打对方耳光了，他们都回家去把自己的哥哥叫来，一个小时以后在原地再见。三乐跑回家，看到二乐在屋里坐着打呵欠，就对二乐说：

"二乐,我跟人打架了,你快来帮我。"

二乐问:"你跟谁打架了?"

三乐说:"我叫不出他的名字。"

二乐又问:"那个人有多大?"

三乐说:"和我一样大。"

二乐一听那孩子和三乐一样大,就拍了一下桌子,骂道:

"他妈的,竟还有人敢欺负我的弟弟,让我去教训教训他。"

三乐把二乐带到那条街上时,那个孩子也把他的哥哥带来了,那孩子的哥哥比二乐整整高出一个脑袋,二乐见了头皮一阵阵发麻,对跟在身后的三乐说:

"你就在我后面站着,什么话也别说。"

那个孩子的哥哥看到二乐他们走过来,伸手指着他们,不屑一顾地问自己的弟弟:

"是不是他们?"

然后甩着胳膊迎上去,瞪着眼睛问二乐他们:

"是谁和我弟弟打架了?"

二乐摊开双手,笑着对他说:

"我没有和你弟弟打架。"

说着二乐把手举到肩膀上,用大拇指指指身后的三乐:

"是我弟弟和你弟弟打架了。"

"那我就把你弟弟揍扁了。"

"我们先讲讲道理吧,"二乐对那个孩子的哥哥说,"道理讲不通,你再揍我弟弟,那时我肯定不插手……"

"你插手了又怎么样?"

那个人伸手一推,把二乐推出去了好几步。

"我还盼着你插手,我想把你们两个人都揍扁了。"

"我肯定不插手,"二乐挥着手说,"我喜欢讲道理……"

"讲你妈个屁。"那个人说着给了二乐一拳,他说:

"我先把你揍扁了,再揍扁你弟弟。"

二乐一步一步往后退去,他边退边问那个孩子:

"他是你什么人?他怎么这么不讲道理?"

"他是我大哥,"那个孩子得意地说,"我还有一个二哥。"

二乐一听他说还有一个二哥,立刻说:

"你先别动手。"

二乐指着三乐和那个孩子,对那孩子的哥哥说:

"这不公平,我弟弟叫来了二哥,你弟弟叫来了大哥,这不公平,你要是有胆量,让我弟弟去把他大哥叫来,你敢不敢和我大哥较量较量?"

那人挥挥手说:"天下我没有不敢的事,去把你们的大哥叫来,我把你们大哥,还有你,你,都揍扁了。"

二乐和三乐就去把一乐叫了来。一乐来了,还没有走近,他就知道那个人比他高了有半个脑袋,一乐对二乐和三乐说:

"让我先去撒一泡尿。"

说着一乐拐进了一条巷子,一乐撒完尿出来时,两只手背在身后,手上拿了一块三角的石头。一乐低着头走到那个人面前,听到那个人说:

"这就是你们的大哥?头都不敢抬起来。"

一乐抬起头来看准了那个人脑袋在什么地方,然后举起石头使劲砸在了那人的头上,那个人"哇"地叫了一声,一乐又连着在他的头上砸了三下,把那个人砸倒在地上,鲜血流了一地。一乐看他不会爬起来了,才扔掉石头,拍了拍手上的灰尘,对吓呆了的二乐和三乐招招手,说:

"回家了。"

第八章

　　他们说："方铁匠的儿子被丝厂许三观的儿子砸破脑袋了，听说是用铁榔头砸的，脑壳上砸出了好几道裂缝，那孩子的脑壳就跟没拿住掉到地上的西瓜一样，到处都裂开了……听说是用菜刀砍的，菜刀砍进去有一两寸深，都看得见里面白花花的脑浆，医院里的护士说那脑浆就像煮熟了的豆腐，还呼呼地往外冒着热气……陈医生在方铁匠儿子的脑壳上缝了几十针……那么硬的脑壳能用针缝吗……不知道是怎么缝的……是用钢针缝的，那钢针有这么粗，比纳鞋底用的针还要粗上几倍……就是这么粗的钢针也扎不进去，听说钢针用小榔头敲进去的……先得把头发拔干净了……怎么叫拔干净？是剃干净，又不是地上的草，那脑壳本来就裂开了，使劲一拔，会把脑壳一块块拔掉的……这叫备皮，动手术以前要把周围的毛刮干净，我去年割阑尾前就把毛刮干净了……"

许三观对许玉兰说："你听到他们说什么了吗？"

他们说："方铁匠的儿子被陈医生救过来了，陈医生在手术室里站了有十多个小时……方铁匠的儿子头上缠满了纱布，只露出两只眼睛、一个鼻尖和大半个嘴巴……方铁匠的儿子从手术室里出来后，在病房里不声不响躺了二十多个小时，昨天早晨总算把眼睛张开了……方铁匠的儿子能喝一点粥汤了，粥汤喝进去就吐了出来，还有粪便，方铁匠的儿子嘴里都吐出粪便来了……"

许三观对许玉兰说："你听到他们说了什么吗？"

他们说："方铁匠的儿子住在医院里，又是吃药，又是打针，还天天挂个吊瓶，每天都要花不少钱，这钱谁来出？是许三观出，还是何小勇出？反正许玉兰是怎么都跑不掉了，不管爹是谁，妈总还是许玉兰……这钱许三观肯出吗？许三观走来走去的，到处说要何小勇把一乐领回去……这钱应该何小勇出，许三观把他的儿子白白养了九年……许三观也把一乐的妈白白睡了九年，养兵千日，用兵一时，要是有个女人白白陪我睡上九年，她的儿子有难了，我是不会袖手旁观的……说得也对……为什么？有个女人给你白睡了九年，长得又像许玉兰那么俏，这当然好，她儿子出了事，当然要帮忙。可许玉兰是许三观花了钱娶回家的女人，他们是夫妻，这夫妻之间能说是白睡吗……你们说这钱许三观会出吗……不会……不会……许三观已经做了九年乌龟了，以前他不知道，蒙在鼓里也就算了，现在他知道了，知道了再出钱，这不是花钱买乌龟做吗？"

许三观对许玉兰说："你听到他们说什么了吗？你听不到全部的，也会听到一些……方铁匠来过好几回了，要你们赶紧把钱筹足了送到医院去，你和何小勇筹了有多少钱了？你哭什么？你哭有什么用，你别求我，要是二乐和三乐在外面闯了祸，我心甘情愿给他们擦屁股去……一乐又不是我的儿子，我白养了他九年，他花了我多少钱？我不找何小勇算这笔账已经够客气了。你没听到他们说什么吗？他们都说我心善，要是换成别人，两个何小勇都被揍死啦……你别找我商量，这事跟我没关系，这是他们何家的事，你没听到他们说什么吗？我要是出了这钱，我就是花钱买乌龟做……行啦，行啦，你别再哭啦，你一天接着一天地哭，都把我烦死了。这样吧，你去告诉何小勇，我看在和你十年夫妻的情分上，看在一乐叫了我九年爹的情分上，我不把一乐送还给他了，以后一乐还由我来抚养，但是这一次，这一次的钱他非出不可，要不我就没脸见人啦……他妈的，便宜了那个何小勇了……"

第九章

　　许玉兰走到许三观面前,说她要去见何小勇了。当时许三观正坐在屋里扎着拖把,听到许玉兰的话,他伸手摸了摸鼻子,又擦擦嘴,什么话都没有说,继续扎着拖把。许玉兰又说:

　　"我要去见何小勇了,是你要我去找他的,我本来已经发誓了,发誓一辈子不见他。"

　　然后她问许三观:"我是打扮好了去呢,还是蓬头散发地去?"

　　许三观心想她还要打扮好了去见何小勇?她对着镜子把头发梳得整整齐齐,抹上头油搽上雪花膏,穿上精纺的线衣,把鞋上的灰拍干净,还有那条丝巾,她也会找出来系在脖子上,然后,她高高兴兴地去见那个让他做了九年乌龟的何小勇。许三观把手里的拖把一扔,站起来说:

　　"你他妈的还想让何小勇来捏你的奶子?你是不是还想和何小

勇一起弄个四乐出来？你还想打扮好了去？你就给我蓬头散发地去，再往脸上抹一点灶灰。"

许玉兰说："我要是脸上抹上灶灰，又蓬头散发，那何小勇见了会不会说：'你们来看，这就是许三观的女人。'"

许三观一想也对，不能让何小勇那个王八蛋高兴得意，他就说："那你就打扮好了再去。"

许玉兰就穿上了那件精纺的线衣，外面是藏青色的卡其布女式翻领春秋装，她把领口尽量翻得大一点，胸前多露出一些那件精纺线衣，然后又把丝巾找了出来，系在脖子上，先是把结打在胸前，镜子里一照，看到把精纺线衣挡住了，就把结移到脖子的左侧，塞到衣领里，看了一会，她取出了那个结下面的两片丝巾，让它们翘着搁在衣领上。

她闻着自己脸上雪花膏的香味向何小勇家走去，衣领上的两片丝巾在风里抖动着，像是一双小鸟的翅膀在拍打似的。许玉兰走过了两条街道，走进了一条巷子，来到何小勇家门前。她看到一个三十来岁的女人坐在何小勇家门口，在搓衣板上搓着衣服，她认出了这是何小勇的女人，瘦得像是一根竹竿。这个女人在十来年前就是这样瘦，与何小勇一起走在街上，看到许玉兰鼻子里还哼了一声，许玉兰在他们身后走过去以后忍不住咯咯笑出了声音，她心想何小勇娶了一个没有胸脯、也没有屁股的女人。现在，这个女人还是没有胸脯，屁股坐在凳子上。

许玉兰对着何小勇敞开的屋门喊道：

"何小勇！何小勇！"

"谁呀？"

何小勇答应着从楼上窗口探出头来，看到下面站着的许玉兰，先是吓了一跳，身体一下子缩了回去。过了一会，他沉着脸重新出现在窗口。他看着楼下这个比自己妻子漂亮的女人，这个和自己有过肉体之交的女人，这个经常和自己在街上相遇、却不再和自己说话的女人，这个女人正笑眯眯地看着自己。何小勇干巴巴地说：

"你来干什么？"

许玉兰说："何小勇，很久没有见到你了，你长胖了，双下巴都出来了。"

何小勇听到自己的妻子"呸"地吐了一口口水，他说：

"你来干什么？"

许玉兰说："你下来，你下来我再跟你说。"

何小勇看看自己的女人："我不下来，我在楼上好好的，我为什么要下来？"

许玉兰说："你下来，你下来我们说话方便。"

何小勇说："我就在楼上。"

许玉兰看了看何小勇的女人，又笑着对何小勇说：

"何小勇，你是不是不敢下来？"

何小勇又去看看自己的女人，然后声音很轻地说：

"我有什么不敢……"

这时何小勇的女人说话了，她站起来对何小勇说：

"何小勇，你下来，她能把你怎么样？她还能把你吃了？"

何小勇就来到了楼下，走到许玉兰面前说：

"你说吧，有话快说，有屁快放。"

许玉兰笑眯眯地说："我是来告诉你一个好消息，许三观说了，他不来找你算账了，从今天起你就可以放心了。本来许三观是要用刀来劈你的，你把他的女人弄大了肚子，他又帮你养了九年的儿子，他用刀劈了你，也没人会说他不对。许三观说了，以前花在一乐身上的钱不向你要了，以后一乐也由他来养。何小勇，你捡了大便宜了，别人出钱帮你把儿子养大，你就做一个现成的爹，不花钱又不出力；许三观可是吃大亏了，从一乐生下来那天起，他整夜整夜没有睡觉，抱着一乐在屋子里走来走去，这个一乐放下来就要哭，抱着才能睡。一乐的尿布，都是许三观洗的，每年还要给他做一身新衣服，还得天天供他吃，供他喝，他的饭量比我还大。何小勇，许三观说了，他不找你算账了，你只要把方铁匠的儿子住医院的钱出了……"

何小勇说："方铁匠的儿子住医院和我有什么关系？"

"你儿子把人家的脑袋砸破啦……"

"我没有儿子，"何小勇说，"我什么时候有儿子了？我就两个女儿,一个叫何小英,一个叫何小红。"

"你这个没良心的。"

许玉兰伸出一根指头去戳何小勇:"你忘了那年夏天,你趁着我爹去上厕所,把我拖到床上,你这个黑心烂肝的,我前世造了什么孽啊,让你的孽种播到我肚子里……"

何小勇挥手把许玉兰的手指打开:"我堂堂何小勇怎么会往你这种人的肚子里播种,那是许三观的孽种,还一口气播进去了三颗孽种……"

"天地良心啊……"

许玉兰眼泪出来了,"谁见了一乐都说,都说一乐活脱脱是个何小勇!你休想赖掉!除非你的脸被火烧煳了,被煤烫焦了,要不你休想赖掉,这一乐长得一天比一天像你了……"

看到很多人都在围过来,何小勇的女人就对他们说:

"你们看,你们来看,天还没黑呢,这个不要脸的女人就要来偷我家男人了。"

许玉兰头转过去说:"我偷谁的男人也不会来偷这个何小勇,我许玉兰当年长得如花似玉,他们都叫我油条西施。何小勇是我不要了扔掉的男人,你把他当宝贝捡了去……"

何小勇的女人上去就是一巴掌,打在许玉兰的脸上,许玉兰回手也给了她一巴掌,两个女人立刻伸开双臂胡乱挥舞起来,不一会都抓住了对方的头发,使劲揪着,何小勇的妻子一边揪许玉兰的头发一边叫：

"何小勇，何小勇……"

何小勇上去抓住许玉兰的两只手腕，用力一捏，许玉兰"哎呀"叫了一声，松开了手，何小勇对准许玉兰的脸就是一巴掌，把许玉兰打得一屁股坐在了地上。许玉兰摸着自己的脸哇哇地哭了起来：

"何小勇，你这个挨千刀的，你这个王八蛋，你的良心被狗吃掉了……"

然后许玉兰站起来，指着何小勇说：

"何小勇，你等着，你活不到明天了。你等着，我要许三观拿着刀来劈你，你活不到明天了……"

许玉兰在遭受打击之后向何小勇宣判的死刑，没有得到许三观的支持。许玉兰回到家中时，许三观还在扎那个拖把。许玉兰脸上挂着泪痕疲惫不堪地在许三观对面坐下来，眼睛看着许三观，看了一会眼泪掉了出来。许三观看到她掉眼泪了，就知道没要着钱，他说：

"我就知道你会空手回来的。"

许玉兰说："许三观，你去把何小勇劈了。"

许三观说："你他妈的一看到何小勇心就软了，就不向他要钱了，是不是？"

许玉兰说："许三观，你去把何小勇劈了。"

许三观说:"我告诉你,你要是不去把钱要来,明天方铁匠就要带着人来抄我们家了,把你的床,把你的桌子,把你的衣服,你的雪花膏,你的丝巾,全他妈的抄走。"

许玉兰哭出了声音,她说:

"我向他们要钱了,他们不给我,还揪住我头发,打我的脸。许三观,你就容得下别人欺负你的女人……许三观,我求你去把何小勇劈了,厨房里的菜刀我昨天还磨过,你去把何小勇劈了。"

许三观说:"我去把何小勇劈了,我怎么办?我去把何小勇劈死了,我就要去坐监狱,我就会被毙掉,你他妈的就是寡妇了。"

许玉兰听了这话以后,站起来走到了门口,坐在了门槛上。许三观看到她往门槛上一坐,就知道她那一套又要来了。许玉兰手里挥动着擦眼泪的手绢,响亮地哭诉起来:

"我前世造了什么孽啊?今生让何小勇占了便宜,占了便宜不说,还怀了他的种;怀了他的种不说,还生下了一乐;生下了一乐不说,一乐还闯了祸……"

许三观在里面低声喊:"你他妈的回来,你还要把我做乌龟的事喊叫出去……"

许玉兰继续哭诉:"一乐闯了祸不说,许三观说他不管;许三观不管,何小勇也不管,何小勇不仅不肯出钱,还揪我的头发打我的脸,何小勇伤天害理,何小勇不得好死!这些都不说了,明天方铁匠带人来怎么办?我怎么办啊?"

一乐、二乐、三乐听到母亲的哭诉,就跑回来站在母亲面前。

一乐说:"妈,你别哭了,你回到屋里去。"

二乐说:"妈,你别哭了,你为什么哭?"

三乐说:"妈,你别哭了,何小勇是谁?"

邻居也走了过来,邻居们说:

"许玉兰,你别哭了,你会伤身体的……许玉兰,你为什么哭?你哭什么?"

二乐对邻居们说:"是这样的,我妈哭是因为一乐……"

一乐说:"二乐,你给我闭嘴。"

二乐说:"我不闭嘴,是这样的,一乐不是我妈和我爹生的……"

一乐说:"二乐,你再说我揍你。"

二乐说:"一乐是何小勇和我妈生出来的……"

一乐给了二乐一个嘴巴,二乐也哇哇地哭了起来。许三观在屋里听到了,心想一乐这杂种竟然敢打我的儿子,他跑出去,对准一乐的脸就是一巴掌,把一乐捆到了墙边,他指着一乐说:

"小杂种,你爹欺负了我,你还想欺负我儿子。"

一乐突然挨了许三观一巴掌,双手摸着墙在那里傻站着。这时许玉兰伸手指着他哭诉:

"我命苦,一乐这孩子的命更苦,许三观不要这孩子,何小勇也不要,一乐这孩子好端端地没了爹,一个爹都没有了……"

有一个邻居说:"许玉兰,你让一乐自己去找何小勇,谁见了自己亲生儿子不动心?那何小勇还没有儿子,只有两个女儿,见了一乐说不定眼泪都会掉出来。"

许玉兰一听这话,立刻不哭了,她看着站在墙边咬着嘴唇的一乐说:

"一乐,你听到了吗?你快去,你去找何小勇,你就去叫他,叫他一声爹……"

一乐贴着墙边摇摇头说:"我不去。"

许玉兰说:"一乐,听妈的话,你快去,去叫何小勇一声爹,叫了一声他要是不答应,你就再叫……"

一乐还是摇头:"我不去。"

许三观伸手指着一乐说:"你敢不去?你不去我揍扁你。"

说着许三观走到一乐面前,一把将一乐从墙边拉出来,把他往前推了几步。许三观一松开手,一乐马上又回到了墙边。许三观回头一看,一乐又贴着墙站在那里了,他举起手走上去,要去揍一乐,他巴掌刚要打下去时,突然转念一想,又把手放下了,他说:

"他妈的,这一乐不是我儿子了,我就不能随便揍他了。"

许三观说着走开去,这时一乐响亮地说:

"我就是不去。何小勇不是我爹,我爹是许三观。"

"放屁。"许三观对邻居们说,"你们看,这小杂种还想往我身上栽赃。"

坐在门槛上的许玉兰这时候又哭了起来：

"我前世造了什么孽啊……"

许玉兰这时候的哭诉已经没有了吸引力，她把同样的话说了几遍，她的声音由于用力过久，正在逐渐地失去水分，没有了清脆的弹性，变得沙哑和干涸。她的手臂在挥动手绢时开始迟缓了，她喘气的声音越来越重。她的邻居四散而去，像是戏院已经散场。她的丈夫也走开了，许三观对许玉兰的哭诉早就习以为常，因此他走开时仿佛许玉兰不是在哭，而是坐在门口织着线衣。然后，二乐和三乐也走开了，这两个孩子倒不是对母亲越来越疲惫的哭诉失去了兴趣，而是看到别人都走开了，他们的父亲也走开了，所以他们也走开了。

只有一乐还站在那里，他一直贴着墙站着，两只手放在身后抓住墙上的石灰。所有的人都走开以后，一乐来到了许玉兰的身旁。那时候许玉兰的身体倚靠在门框上，手绢不再挥动，她的手撑住了自己的下巴，她看到一乐走到面前，已经止住的眼泪又流了出来。这时一乐对她说：

"妈，你别哭了，我就去找何小勇，叫他爹。"

一乐独自一人来到了何小勇的屋门前，他看到两个年纪比他小的女孩在跳着橡皮筋，她们张开双手蹦蹦跳跳，头上的小辫子也在蹦蹦跳跳。一乐对她们说：

"你们是何小勇的女儿……那你们就是我的妹妹。"

两个女孩不再跳跃了,一个坐在了门槛上,另一个坐在姐姐的身上,两个女孩重叠在了一起,她们看着一乐。一乐看到何小勇和他很瘦的妻子从屋里走了出来,就叫了何小勇一声:

"爹。"

何小勇的妻子对何小勇说:"你的野种来啦,我看你怎么办?"

一乐又叫了一声:"爹。"

何小勇说:"我不是你的爹,你快回去吧,以后不要再来了。"

一乐再叫了一声:"爹。"

何小勇的妻子对何小勇说:"你还不把他赶走?"

一乐最后叫了一声:"爹。"

何小勇说:"谁是你的爹?你滚开。"

一乐伸手擦了擦挂出来的鼻涕,对何小勇说:

"我妈说了,我要是叫你一声爹,你不答应,我妈就要我多叫几声。我叫了你四声爹了,你一声都不答应,还要我滚开,那我就回去了。"

第十章

方铁匠找到许三观,要他立刻把钱给医院送去,方铁匠说:"再不送钱去,医院就不给我儿子用药了。"

许三观对方铁匠说:"我不是一乐的爹,你找错人了,你应该去找何小勇。"

方铁匠问他:"你是什么时候不做一乐的爹了?是一乐打伤我儿子以前,还是以后?"

"当然是以前,"许三观说,"你想想,我做了九年的乌龟,我替何小勇养了九年的儿子,我再替他把你儿子住医院的钱出了,我就是做乌龟王了。"

方铁匠听了许三观的话,觉得他说得没有错,就去找何小勇,他对何小勇说:

"你让许三观做了九年的乌龟,许三观又把你儿子养了九年,俗话说滴水之恩当涌泉相报,看在这九年的分上,你就把我儿子住医院的钱出了。"

何小勇说:"凭什么说一乐是我的儿子?就凭那孩子长得像我?这世上长得相像的人有的是。"

说完何小勇从箱底翻出了户口本,打开来让方铁匠看:

"你看看,这上面有没有许一乐这个名字?有没有?没有……谁家的户口本上有许一乐这个名字,你儿子住医院的钱就由谁出。"

何小勇也不肯出钱,方铁匠最后就来找许玉兰,对许玉兰说:

"许三观说一乐不是他的儿子,何小勇也说一乐不是他的儿子,他们都说不是一乐的爹,我只有来找你,好在一乐只有一个妈。"

许玉兰听完方铁匠的话,双手捂住脸呜呜地哭了起来,方铁匠一直站在她身边,等她哭得差不多了,方铁匠才又说:

"你们再不把钱送来,我就要带人来抄你们的家了,把你们家值钱的东西都搬走……我方铁匠向来是说到做到的。"

隔了两天,方铁匠他们来了,拉了两辆板车,来了七个人,他们从巷子口拐进来以后,差不多把巷子塞满了。那是中午的时候,许三观正要出门,他看到方铁匠他们走过来,就知道今天自己的家要被抄了,他转回身去对许玉兰说:

"准备七个杯子,烧一壶水,那个罐子里还有没有茶叶?来客人了,有七个人。"

许玉兰心想是谁来了,怎么会有这么多人,她就走到门口一看,看到是方铁匠他们，许玉兰的脸一下子白了，她对许三观说：

"他们是来抄家的。"

许三观说："来抄家的也是客人，你快去准备茶水。"

方铁匠他们走到了许三观家门前，放下板车，都站在了那里，方铁匠说：

"我也是没有办法，我们都认识二十多年了，平日里抬头不见低头见……我也是没有办法，我儿子在医院里等着钱，没有钱医院就不给我儿子用药了……我儿子被你们家一乐砸破脑袋以后，我上你们家来闹过吗？没有……我在医院里等着你们送钱来，都等了两个星期了……"

许玉兰这时候往门槛上一坐，坐在了中间，她张开双臂像是要挡住他们似的说：

"你们别抄我的家，别搬我的东西，这个家就是我的命，我辛辛苦苦十年，十年省吃俭用才有今天这个家，求你们别进来，别进来搬我的家……"

许三观对许玉兰说："他们人都来了，还拉着板车来，不会听你说了几句话就回去的，你起来吧，快去给他们烧一壶水。"

许玉兰听许三观的话，站起来抹着眼泪走开了，去替他们烧水。许玉兰走后，许三观对方铁匠他们说：

"你们进去搬吧，能搬多少就搬多少，就是别把我的东西搬了，一乐闯的祸和我没有一点关系，所以我的东西不能搬。"

许玉兰在灶间给他们烧上了水,她通过灶间敞开的门,看着方铁匠他们走进屋来,看着他们开始翻箱子移桌子;有两个人把凳子抱了出去,放到了板车上;有一个人拿着几件许玉兰的衣服走出去,也放到了板车上;她陪嫁过来的两只箱子放在两辆板车上,还有两块也是陪嫁过来的绸缎,她一直舍不得穿到身上,现在也被放到了板车上,软软地搁在了那两只箱子上。

许玉兰看着他们把自己的家一点一点地搬空了,当她给他们烧开了水,冲了七杯茶,桌子已经没有了,她不知道茶水该往什么地方放了,她看到许三观正帮着他们把吃饭和孩子做作业的桌子搬出去,搬到板车上。然后可能因为刚才过于用力,许三观站在那里呼呼地喘着粗气,伸手擦着脸上的汗。她的眼泪不停地流着,她对拖着她家中物件的两个人说:

"世上还有这种人,帮着别人来搬自己家里的东西,看上去还比别人更卖力。"

最后,方铁匠和另外两个人搬起了许玉兰和许三观睡觉的床,许三观看到了急忙说:

"这床不能搬,这床有一半是我的。"

方铁匠说:"你这个家里值点钱的,也就是这张床了。"

许三观说:"你们把我们吃饭的桌子搬了,那桌子有一半也是我的,你们把桌子搬了,把床给我留下吧。"

方铁匠看看已经搬空了的这个家,点了点头说:

"就把床给他们留下，要不他们晚上没地方睡觉了。"

方铁匠他们用绳子把板车上的桌子箱子什么固定好以后，准备走了，有两个人拉起了板车，方铁匠说：

"我们走了？"

许三观向他们笑着点点头，许玉兰身体靠在门框上，眼泪刷刷地流下来，她对他们说：

"你们喝一口茶再走吧。"

方铁匠摇摇头说："不喝了。"

许玉兰说："都给你们冲好茶了，就放在灶间的地上，你们喝了再走，专门为你们烧的水……"

方铁匠看了看许玉兰说："那我们就喝了再走。"

他们都走到灶间去喝茶，许玉兰身体坐在了门槛上，他们喝了茶出来时，都从她身边抬脚走了出去，看到他拉起了板车，许玉兰哭出了声音，她边哭边说：

"我不想活了，我也活够了，死了我反而轻松了，我死了就不用这里操心、那里操心了，不用替男人替儿子做饭洗衣服，也不会累，不会苦了，死了我就轻松了，比我做姑娘时还要轻松……"

方铁匠他们拉起板车要走，听到许玉兰这么一说，方铁匠又放下板车，方铁匠对许玉兰和许三观说：

"这两车你们家里的东西，我方铁匠不会马上卖掉的，暂时在我家放几天，我给你们三天时间，四天也行，你们只要把钱送来了，我方铁匠再把这些送回来,放到原来的地方。"

许三观对方铁匠说:"其实她也知道你是没有办法了,她就是一下子想不开。"

然后许三观蹲下去对许玉兰说:"方铁匠也是没办法,怎么说你的儿子也把人家儿子的脑袋砸破了,方铁匠对我们已经很客气了,要是换成别人,早把我们家给砸了……"

许玉兰双手捂着脸呜呜地哭,许三观向方铁匠挥挥手说:

"你们走吧,走吧。"

许三观看着他和许玉兰十年积累起来的这个家,大部分被放上了那两辆板车,然后摇摇晃晃、互相碰撞着向巷子口而去。当板车在巷子口一拐弯消失后,许三观的眼泪也哗哗地下来了,他弯下腰坐到了许玉兰身旁,和许玉兰一起坐在门槛上,一起呜呜地哭起来了。

第十一章

第二天，许三观把二乐和三乐叫到跟前，对他们说：

"我只有你们两个儿子，你们要记住了，是谁把我们害成这样的。现在家里连一只凳子都没有了，本来你们站着的地方是摆着桌子的，我站着的地方有两只箱子，现在都没有了。这个家里本来摆得满满的，现在空空荡荡，我睡在自己家里就像睡在野地里一样。你们要记住，是谁把我们害成这样的……"

两个儿子说："是方铁匠。"

"不是方铁匠，"许三观说，"是何小勇。为什么是何小勇？何小勇瞒着我让你们妈怀上了一乐，一乐又把方铁匠儿子的脑袋砸破了，你们说是不是何小勇把我们害的？"

两个儿子点了点头。

"所以，"许三观喝了一口水，继续说，"你们长大了要替我去报复何小勇。你们认识何小勇的两个女儿吗？认识，你们知道何小勇的女儿叫什么名字吗？不知道，不知道没关系，只要能认出来就行。你们记住，等你们长大以后，你们去把何小勇的两个女儿强奸了。"

许三观在自己空荡荡的家里睡了一个晚上之后，觉得不能再这样下去了，说什么也要把被方铁匠搬走的再搬回来，于是他想到卖血了，想到十年前与阿方和根龙去卖血的情景，今天这个家就是那一次卖血以后才有的。现在又需要他去卖血了，卖血挣来的钱可以向方铁匠赎回他的桌子，他的箱子，还有所有的凳子……只是这样太便宜何小勇了，他替何小勇养了九年的儿子，如今还要去替何小勇的儿子偿还债务。这样一想他的心就往下沉了，胸口像是被堵住了一样，所以他就把二乐和三乐叫到了跟前，告诉他们何小勇有两个女儿，君子报仇十年不晚，十年以后，他要二乐和三乐十年以后去把何小勇的女儿强奸了。

许三观的两个儿子听说要去强奸何小勇的女儿，张开嘴咯咯地笑了起来。许三观问他们：

"你们长大以后要做些什么？"

两个儿子说："把何小勇的女儿强奸了。"

许三观哈哈哈哈地大笑起来，然后他觉得自己可以去卖血了。他离开了家，向医院走去。许三观是在这天上午作出这样的决定的，他要去医院，去找那个几年没有见过了的李血头，把自己的袖管高高卷起，让医院里最粗的针扎到他胳膊上最粗的血管里去，然后把他身上的血往外抽，一管一管抽出来，再一管一管灌到一个玻璃瓶里。他看到过自己的血，浓得有些发黑，还有一层泡沫浮在最上面。

许三观提着一斤白糖推开了医院供血室的门，他看到李血头坐在桌子后面，穿着很脏的白大褂，手里拿着一张包过油条的报纸，报纸仿佛在油里浸过似的，被窗户外进来的阳光一照，就像是一张透明的玻璃纸了。

李血头放下正在看着的报纸，看着许三观走过来。许三观把手里提着的一包白糖放在他面前，他伸手捏了捏白糖，然后继续看着许三观。许三观笑嘻嘻地在李血头对面坐下来，他看到李血头脑袋上的头发比过去少了很多，脸上的肉倒是比过去多了，他笑嘻嘻地说：

"你有好几年没来我们厂买蚕蛹了。"

李血头点点头说："你是丝厂的？"

许三观点头说："我以前来过，我和阿方、根龙一起来的，我很早就认识你了，你就住在南门桥下面，你家里人都还好吧？你还记得我吗？"

李血头摇摇头说："我记不起来了，到我这里来的人多，一般都是别人认识我，我不认识别人。你刚才说到阿方和根龙，这两个人我知道，三个月前他们还来过。你什么时候和他们一起来过?"

"十年前。"

"十年前?"李血头往地上吐了一口痰,他说,"十年前来过的人我怎么记得住?我就是神仙也不会记得你了。"

然后李血头把两只脚搁到椅子上,他抱住膝盖对许三观说:"你今天是来卖血?"

许三观说:"是。"

李血头又指指桌子上的白糖:"送给我的?"

许三观说:"是。"

"我不能收你的东西,"李血头拍了一下桌子说,"你要是半年前送来,我还会收下,现在我不会收你的东西了。上次阿方和根龙给我送了两斤鸡蛋来,我一个都没要。我现在是共产党员了,你知道吗?我现在是不拿群众一针一线。"

许三观点着头说:"我一家有五口人,一年有一斤白糖的票,我把今年的糖票一下子全花出去,就是为了来孝敬你……"

"是白糖?"

李血头一听是白糖,立刻把桌上的白糖拿在了手里,打开来一看,看到了亮晶晶的白糖,李血头说:

"白糖倒是很珍贵的,我刚才还以为是一斤盐。"

说着李血头往手里倒了一些白糖,看着白糖说:

"这白糖就是细嫩,像是小姑娘的皮肤,是不是?"

85

说完，李血头伸出舌头将手上的白糖舔进了嘴里，眯着眼睛品尝了一会后，将白糖包好还给许三观。许三观推回去：

"你就收下吧。"

"不能收下，"李血头说，"我现在不拿群众一针一线了。"

许三观说："我专门买来孝敬你，你不肯收下，我以后送给谁？"

"你留着自己吃。"李血头说。

"自己哪舍得吃这么好的糖，这白糖就是送人的。"

"说得也对，"李血头又把白糖拿过来，"这么好的白糖自己吃了确实可惜，这样吧，我再往自己手心里倒一点。"

李血头又往手里倒了一些白糖，伸出舌头又舔进了嘴里。李血头嘴里品尝着白糖，手将白糖推给许三观，许三观推还李血头：

"你就收下吧，我不说没有人会知道。"

李血头不高兴了，他收起脸上的笑容说：

"我是为了不让你为难，才吃一点你的白糖，你不要得尺进丈。"

许三观看到李血头真的不高兴了，就伸手把白糖拿了过来说：

"那我就收起来了。"

李血头看着许三观把白糖放进了口袋，他用手指敲着桌子问：

"你叫什么名字？"

"许三观。"

"许三观？"李血头敲着桌子，"许三观，这名字很耳熟……"

"我以前来过。"

"不是,"李血头摆了摆手,"许三观?许三……噢!"李血头突然叫了起来,他哈哈笑着对许三观说:
"我想起来了,许三观就是你?你就是那个乌龟……"

第十二章

许三观卖了血以后,没有马上把钱给方铁匠送去,他先去了胜利饭店,坐在靠窗的桌前,他想起来十年前第一次卖血之后也是坐在了这里,他坐下来以后拍着脑袋想了想,想起了当年阿方和根龙是拍着桌子叫菜叫酒的,于是他一只手伸到了桌子上,拍着桌子对跑堂的喊道:

"一盘炒猪肝,二两黄酒……"

跑堂答应了一声,正要离去,许三观觉得还漏掉了一句话,就抬起手让跑堂别走。跑堂站在他的身边,用抹布擦着已经擦过了的桌子问他:

"你还要点什么?"

许三观的手举在那里,想了一会还是没有想起来,就对跑堂说:

"我想起来再叫你。"

跑堂答应了一声："哎。"

跑堂刚走开，许三观就想起那句话来了，他对跑堂喊：

"我想起来了。"

跑堂立刻走过来问："你还要什么？"

许三观拍着桌子说："黄酒给我温一温。"

他把钱还给方铁匠以后，方铁匠从昨天帮他搬东西的六个人里面叫了三个人，拉上一辆板车，把他的东西送回来了，方铁匠对他说：

"其实你的家一车就全装下了，昨天我多拉了一辆车，多叫了三个人。"

与方铁匠一起来的三个人，一个拉着车，两个在车两边扶着车上的物件，走到许三观家门口了，他们对许三观说：

"许三观，你要是昨天把钱送来，就不用这么搬来搬去了。"

"话不能这么说，"许三观卸着车上的凳子说，"事情都是被逼出来的，人只有被逼上绝路了，才会有办法，没上绝路以前，不是没想到办法，就是想到了也不知道该不该去做。要不是医院里不给方铁匠儿子用药了，方铁匠就不会叫上你们来抄我的家，方铁匠你说呢？"

方铁匠还没有点头，许三观突然大叫一声：

"完了。"

把方铁匠他们吓了一跳，许三观拍着自己的脑袋，把自己的脑袋拍得噼啪响，方铁匠他们发呆地看着许三观，不知道他是打自己耳光呢，还是随便拍拍。许三观哭丧着脸对方铁匠他们说：

"我忘了喝水了。"

许三观这时才想起来他卖血之前没有喝水，他说：

"我忘了喝水了。"

"喝水？"方铁匠他们不明白，"喝什么水？"

"什么水都行。"

许三观说着搬着那只刚从车上卸下来的凳子走到了墙边，靠墙坐了下来，他抬起那条抽过血的胳膊，将袖管卷起来，看着那发红的针眼，对方铁匠他们说：

"我卖了两碗，这两碗的浓度抵得上三碗。我忘了喝水了，这些日子我是接二连三地吃亏……"

方铁匠他们问："两碗什么？"

那时候许玉兰正坐在她父亲的家中，她坐在父亲每天都要躺着午睡的藤榻上抹着眼泪，她的父亲坐在一只凳子上眼圈也红了。许玉兰将昨天被方铁匠他们搬走的东西，数着手指一件一件报给她的父亲，接着又把没有被搬走的也数着手指报给她的父亲，她说：

"我辛辛苦苦十年，他们两个多小时就搬走了我七八年的辛苦，连那两块绸缎也拿走了，那是你给我陪嫁的，我一直舍不得用它们……"

就在她数着手指的时候,方铁匠他们把东西搬回去了,等她回到家中时,方铁匠他们已经走了,她站在门口瞪圆了眼睛,她半张着嘴看到昨天被搬走的东西又回到了原来的地方,她十年的辛苦全在屋里摆着,她把桌子、箱子、凳子……看了一遍又一遍,然后才去看和她十年一起辛苦过来的许三观,许三观正坐在屋子中间的桌旁。

第十三章

许玉兰问许三观:"你是向谁借的钱?"

许玉兰伸直了她的手,将她的手指一直伸到许三观的鼻子前,她说话时手指就在许三观的鼻尖前抖动,抖得许三观的鼻子一阵阵地发酸,许三观拿开了她的手,她又伸过去另一只手,她说:

"你还了方铁匠的债,又添了新的债,你是拆了东墙去补西墙,东墙的窟窿怎么办?你向谁借的钱?"

许三观卷起袖管,露出那个针眼给许玉兰看:

"看到了吗?看到这一点红的了吗?这像是被臭虫咬过一口的红点,那是医院里最粗的针扎的。"

然后许三观放下袖管,对许玉兰叫道:

"我卖血啦!我许三观卖了血,替何小勇还了债,我许三观卖了血,又去做了一次乌龟。"

许玉兰听说许三观卖了血,"啊呀"叫了起来:

"你卖血也不和我说一声,你卖血为什么不和我说一声?我们这个家要完蛋啦,家里有人卖血啦,让别人知道了他们会怎么想?他们会说许三观卖血啦,许三观活不下去了,所以许三观去卖血了。"

许三观说:"你声音轻一点,你不去喊叫就没有人会知道。"

许玉兰仍然响亮地说着:"从小我爹就对我说过,我爹说身上的血是祖宗传下来的,做人可以卖油条、卖屋子、卖田地……就是不能卖血。就是卖身也不能卖血,卖身是卖自己,卖血就是卖祖宗,许三观,你把祖宗给卖啦。"

许三观说:"你声音轻一点,你在胡说些什么?"

许玉兰掉出了眼泪,"没想到你会去卖血,你卖什么都行,你为什么要去卖血?你就是把床卖了,把这屋子卖了,也不能去卖血。"

许三观说:"你声音轻一点,我为什么卖血?我卖血就是为了做乌龟。"

许玉兰哭着说:"我听出来了,我听出来你是在骂我,我知道你心里在恨我,所以你嘴上就骂我了。"

许玉兰哭着向门口走去,许三观在后面低声喊叫:

"你回来,你这个泼妇,你又要坐到门槛上去了,你又要去喊叫了……"

93

许玉兰没有在门槛上坐下,她的两只脚都跨了出去。她转身以后一直向巷子口走去,走出了巷子,她沿着那条大街走到头,又走完了另一条大街,走进了一条巷子,最后她来到了何小勇家门口。

许玉兰站在何小勇敞开的门前,双手拍拍自己的衣服,又用手指梳理了自己的头发,然后她亮起自己的嗓子对周围的人诉说了起来:

"你们都是何小勇的邻居,你们都认识何小勇,你们都知道何小勇是个黑心烂肝的人,你们都知道何小勇不要自己的儿子,你们都知道我前世造了孽,今生让何小勇占了便宜,这些我都不说了……我今天来是要对你们说,我今天才知道我前世还烧了香,让我今生嫁给了许三观,你们不知道许三观有多好,他的好是几天几夜都说不完,别的我都不说了,我就说说许三观卖血的事。许三观为了我,为了一乐,为了这个家,今天都到医院里去卖血啦,你们想想,卖血是要丢命的,就是不丢命,也会头晕,也会眼花,也会没有力气,许三观为了我,为了一乐,为了我们这个家,是命都不要了……"

何小勇很瘦的妻子站到了门口,冷冷地说:

"许三观这么好,你还要偷我家何小勇。"

许玉兰看到何小勇的妻子在冷笑,她也冷笑了起来,她说:"有一个女人前世做了很多坏事,今世就得报应了,生不出儿子,只能生女儿,这女儿养大了也是别人家里的人,替别人传香火,自己的香火就断掉啦。"

何小勇的妻子一步跨出了门槛,双手拍着自己的大腿说:

"有一个女人死不要脸,偷了别人儿子的种,还神气活现的。"

许玉兰说:"一口气生下了三个儿子的女人,当然神气。"

何小勇妻子说:"三个儿子不是一个爹,还神气?"

"两个女儿也不见得就是一个爹。"

"只有你,只有你这种下贱女人才会有几个男人。"

"你就不下贱啦?你看看自己的裤裆里有什么?你裤裆里夹着一个百货店,谁都能进。"

"我裤裆里夹了个百货店,你裤裆里夹了一个公共厕所……"

有一个人来对许三观说:"许三观,你快去把你的女人拉回来,你的女人和何小勇的女人越说越下流啦,你快去把你女人拉回来,要不你的脸都被丢尽啦。"

又有一个人来对许三观说:"许三观,你的女人和何小勇的女人打起来啦,两个人揪头发,吐唾沫,还用牙齿咬。"

最后一个过来的是方铁匠,方铁匠说:

"许三观,我刚才从何小勇家门前走过,那里围了很多人,起码有三十来个人,他们都在看你女人的笑话,你女人与何小勇的女人又打又骂的,她们嘴里吐出来的话实在是太难听了,让别人听了哈哈笑,我还听到他们私下里在说你,说你许三观是卖血做乌龟……"

许三观说:"让她去吧……"

说着许三观坐到了桌旁的凳子上,他看着站在门口的方铁匠说:

"她是破罐子破摔,我也就死猪不怕开水烫了。"

第十四章

许三观想起了林芬芳,辫子垂到腰下的林芬芳嫁给了一个戴眼镜的男人,生下一男一女,然后开始发胖了,一年比一年胖,林芬芳就剪掉了辫子,留起了齐耳短发。

许三观看着她的脖子变短了,肩膀变粗了,看着她的腰变得看不清楚了,看着她手指上的肉如何鼓出来……他还是把最好的蚕茧往她那里送,一直送到现在。

现在的林芬芳经常提着篮子走在街上。她的篮子里有时候放着油盐酱醋;有时候放着买来的蔬菜,在蔬菜的上面偶尔会出现一块很肥的猪肉,或者一两条已经死去的鲢鱼;当她的篮子里放着准备清洗的衣服时,她就会向河边走去,她另一只手里总是要拿着一只小木凳,她的身体太重了,她在河边蹲下去时两条腿会哆嗦起来,所以她要坐在河边,脱掉自己的鞋、自己的袜子,将裤管卷起来，把两只胖脚丫伸到河水里，这一切都完成以后，她才能从篮子里取出衣服在河水里清洗起来。

林芬芳提着篮子走在街上，因为身体的肥胖，她每走一步都要摇晃一下，在街上走得最慢的人都会超过她。她笑呵呵地走在别人的后面，街上的人都知道她是谁，都知道她是丝厂的林芬芳，那个城里最胖的女人，那个就是不吃饭不吃菜，光是喝水都会长肉的女人，他们都知道这个一走上街就笑呵呵的女人叫林芬芳。

许玉兰经常在清晨买菜的时候见到林芬芳，见到她提着篮子一个一个菜摊子走过去，和卖菜的一个一个地讨价还价，然后慢吞吞地蹲下去，一棵一棵地去挑选着青菜、白菜、芹菜什么的。许玉兰经常对一乐、二乐、三乐说：

"你们知道丝厂的林芬芳吗？她做一身衣服要剪两个人的布料。"

林芬芳也知道许玉兰，知道她是许三观的女人，知道她给许三观生了三个儿子，她生了三个儿子以后一点都没有发胖，只是肚子稍稍有些鼓出来。她和卖菜的说话时声音十分响亮，她首先在声音上把他们压下去，然后再在价格上把他们压下去。她买菜的时候不像别人那样几个人挤在一起，一棵一棵地去挑选，而是把所有的菜都抱进自己的篮子，接着将她不要的菜再一棵一棵地扔出来，她从来不和别人共同挑选，她只让别人去挑选她不要的那些菜。林芬芳经常站在她的身旁，看着她蹲在那里衣服绷紧后显示出的腰部,她的腰一点都没有粗起来,她的两只手飞快地在篮子里进进出出,她的眼睛同时还向别处张望。

林芬芳对许三观说:

"我认识你的女人,我知道她叫许玉兰,她是南塘街上炸油条的油条西施,她给你生了三个儿子,她还是长得像姑娘一样,不像我,都胖成这样了。你的女人又漂亮又能干,手脚又麻利,她买菜的时候……我没有见过像她这么霸道的女人……"

许三观对林芬芳说:"她是一个泼妇,她一不高兴就要坐到门槛上又哭又叫,她还让我做了九年的乌龟……"

林芬芳听了这话咯咯地笑了起来,许三观看着林芬芳继续说:

"我现在想起来就后悔,我当初要是娶了你,我就不会做乌龟了……林芬芳,你什么都比许玉兰好,就是你的名字也要比许玉兰这个名字好听,写出来也好看。你说话时的声音软绵绵的,那个许玉兰整天都是又喊又叫,晚上睡觉时还打呼噜。你一回家就把门关上了,家里的事你从来不到外面去说,那么多年下来,我没听你说过你家男人怎么不好。我家的那个许玉兰只要有三天没有坐到门槛上哭哭叫叫,她就会难受,比一个月没有拉屎还要难受……这些都不说了,最要命的是她让我做了九年的乌龟,我自己还不知道已经做了九年的乌龟了,要不是一乐越长越像那个狗日的何小勇,我一辈子都被蒙在鼓里了……"

林芬芳看到许三观说得满头大汗,就把手里的扇子移过去给

他扇起了风,林芬芳对他说:

"你家的许玉兰长得比我漂亮……"

"长得也没有你漂亮,"许三观说,"你从前比她漂亮。"

"从前我是很漂亮的,现在我长胖了,现在我比不上许玉兰。"

许三观这时候问林芬芳:"我当初要是娶你的话,你会不会嫁给我?"

林芬芳看着许三观咯咯地笑,她说:

"我想不起来了。"

许三观说:"怎么会想不起来了?"

林芬芳说:"是想不起来了,都十年过去了。"

他们说话的时候,林芬芳正躺在自己的床上,许三观坐在床前的椅子里,林芬芳那位戴眼镜的丈夫在墙上镜框里看着他们。这时候的林芬芳摔断了右腿,她是在河边石阶上滑倒的,她刚刚把清洗干净的衣服放进篮子里,站起来才跨出去了一步,她的左脚踩在了一块西瓜皮上,她还来不及喊叫就摔倒了,摔断了右腿。

许三观这天上午推着蚕茧来到车间里,没有看到林芬芳,他就在林芬芳的缫丝机旁站了一会。然后在车间里转了一圈,和另外几个缫丝女工推推打打了一阵子,他还是没有看到林芬芳,他以为林芬芳上厕所去了,他就说:

"林芬芳是不是掉进厕所里去了,这么久还没有回来?"

她们说:"林芬芳怎么会掉进厕所里去?她那么胖,她的屁股都放不进去，我们才会掉进去呢。"

许三观说："那她去哪里了？"

她们说："你没有看到她的缫丝机都关掉了？她摔断了腿，她腿上绑着石膏躺在家里，她左脚踩在西瓜皮上，摔断的倒是右脚，这是她自己说的，我们都去看过她了，你什么时候也去看望她？"

许三观在心里对自己说："我今天就去看望她。"

下午的时候，许三观坐在林芬芳床前的椅子里，林芬芳穿着红红绿绿的裤衩躺在床上，她手里拿着一把扇子给自己扇着风，她的右腿绑上了绷带，左腿光溜溜地放在草席上，她看到许三观走进来了，就拉过来一条毯子，把两条腿都盖住。

许三观看着她肥胖的身体躺在床上，身上的肉像是倒塌的房屋一样铺在了床上，尤其是她硕大的胸脯，滑向两侧时都超过了肩膀。毯子盖住了她的腿，她的腿又透过毯子向许三观显示肥硕的线条。许三观问林芬芳：

"是哪条腿断了？"

林芬芳指指自己的右腿："这条腿。"

许三观把手放在她的右腿上说："这条腿？"

林芬芳点了点头，许三观的手在她腿上捏了一下说：

"我捏到绷带了。"

许三观的手放在了林芬芳的腿上，放了一会，许三观说：

"你腿上在出汗。"

林芬芳微微地笑着，许三观说：

"你盖着毯子太热了。"

说着许三观揭开了林芬芳腿上的毯子，他看到了林芬芳的两条腿，一条被绷带裹着，另一条光溜溜地伸在那里，许三观从来没有见过这么粗的腿，腿上的粉白的肉铺展在草席上，由于肉太多，又涌向两端，林芬芳的腿看上去扁扁的两大片，它们从一条又红又绿的短裤衩里伸出来，让许三观看得气喘吁吁，他抬起头来看了看林芬芳，看到林芬芳还是微笑着，他就咧着嘴笑着说：

"想不到你的腿会这么又嫩又白，比肥猪肉还要白。"

林芬芳说："许玉兰也很白很嫩的。"

许三观说："许玉兰的脸和你的脸差不多白，她身上就不如你白了。"

然后许三观的手在林芬芳的膝盖上捏了捏，问她：

"是这里吗？"

林芬芳说："在膝盖下面一点。"

许三观在她膝盖下面一点的地方捏了捏："这里疼吗？"

"有点疼。"

"就是这里断了骨头？"

"还要下去一点。"

"那就是这里了。"

"对了，这里很疼。"

然后,许三观的手回到了林芬芳的膝盖上捏了捏,问林芬芳:"这里疼吗?"

林芬芳说:"不疼。"

许三观的手移到膝盖上面捏了捏:"这里呢?"

"不疼。"

许三观看着林芬芳的大腿从裤衩里出来的地方,他的手在那里捏了捏,他问林芬芳:

"大腿根疼不疼?"

林芬芳说:"大腿根不疼。"

林芬芳话音未落,许三观霍地站了起来,他的双手扑向了林芬芳丰硕的胸脯……

第十五章

许三观从林芬芳家里出来,仿佛是从澡堂里出来似的身上没有了力气,他在夏日的阳光里满头大汗地走完了一条大街,正要拐进一条街时,看到有两个戴着草帽挑着空担子的乡下人向他招手,叫着他的名字。他们就站在街道的对面,他们问许三观:

"你是不是许三观?"

许三观说:"我是许三观。"

然后,许三观认出了他们,认出他们是从他已经死去的爷爷的那个村庄里来的,他伸出手指过去,指着他们叫道:

"我知道你们是谁,你是阿方,你是根龙。我知道你们进城来干什么,你们是来卖血的。我看到你们腰里都系着一只白瓷杯子,以前你们是口袋里放一只碗,现在你们换成白瓷杯子了,你们喝了有多少水啦?"

"我们喝了有多少水了？"根龙问阿方。

根龙和阿方从街对面走过来，阿方说：

"我们也不知道喝了有多少水了。"

许三观这时想起了十多年前李血头的话，他对他们说：

"你们还记得吗？李血头说你们的尿肚子，他是说膀胱，你们的膀胱比女人怀孩子的子宫还要大。你们叫尿肚子，李血头叫膀胱，这膀胱是尿肚子的学名……"

接下去他们三个人站在大街上哈哈笑了一阵，许三观自从第一次和他们一起卖血以后，这十来年里只见过他们两次，两次都是他回到村里去奔丧，第一次是他爷爷死了，第二次是他四叔死了。阿方说：

"许三观，你有七八年没有回来了。"

许三观说："我爷爷死了，我四叔也死了，两个和我最亲的人都死了，我也就死了回村里的心了。"

七八年时间没有见过他们，许三观觉得阿方老了，头发也花白了，阿方笑的时候脸上的皱纹涌来涌去的，像是一块石头扔进水里，一石击起千层浪。许三观对阿方说：

"阿方，你老了。"

阿方点着头说："我都四十五岁了。"

根龙说："我们乡下人显老，要是城里人，四十五岁看上去就像是三十多岁。"

许三观去看根龙,根龙比过去结实了很多,他穿着背心,胸膛上胳膊上全是一块一块的肌肉,许三观对根龙说:

"根龙,你越长越结实了,你看你身上的肌肉,你一动就像小松鼠那样窜来窜去的。你娶到桂花了吗?那个屁股很大的桂花,我四叔死的时候你还没娶她。"

根龙说:"她都给我生了两个儿子了。"

阿方问许三观:"你女人给你生了几个儿子?"

许三观本来是要说生了三个儿子,可转念一想一乐是何小勇的儿子,他就说:

"和根龙的女人一样,也生了两个儿子。"

许三观在心里想:要是两个月以前阿方这么问我,我就会说生了三个儿子。他们不知道我许三观做了九年的乌龟,他们不知道我就不说了。

然后许三观对阿方和根龙说:"我看你们要去卖血,不知道为什么我身上的血也痒起来了。"

阿方和根龙就说:"你身上的血痒起来了,就是说你身上的血太多了,这身上的血一多也难受,全身都会发胀,你就跟着我们一起去卖血吧。"

许三观想了想,就和他们一起往医院走去。他走去的时候心里想着林芬芳,他觉得林芬芳对他真是好,他去摸她的脚,她让他摸了,他去摸她的大腿根,她让他摸了,他跳起来捏住她的两个奶子，她也让他捏了，他想干什么，她都让他干成了。林芬芳都摔断了腿，还让他干那种事，他把她的断腿碰疼了，她也只是哼哼哈哈叫了几声。许三观心想应该给她送十斤肉骨头，送五斤黄豆。医院里的医生经常对骨头断掉的病人说：

"要多吃肉骨头炖黄豆。"

光送些肉骨头和黄豆还不够，还得送几斤绿豆，绿豆是清火的，林芬芳天天躺在床上，天气又热，绿豆吃了能让她凉快一些。除了绿豆，再送一斤菊花，泡在水里喝了也是清火的。他跟阿方和根龙去卖血，卖血挣来的钱就可以给林芬芳买肉骨头，买黄豆、绿豆和菊花，这样也就报答林芬芳了。

他卖血能挣三十五块钱，给林芬芳买了东西后还有三十来块钱，这三十来块钱他要藏起来，要花在他自己身上，花在二乐和三乐身上也行，有时候也可以花到许玉兰身上，就是不能花在一乐身上。

许三观跟着阿方和根龙来到医院前，他们没有马上走进医院，因为许三观还没有喝水，他们来到医院近旁的一口井前，根龙提起井旁的木桶，扔进井里打上来一桶水，阿方解下腰里的白瓷杯子递给了许三观。许三观拿着阿方的杯子，蹲在井旁喝了一杯又一杯，阿方在边上数着，数到第六杯时，许三观说喝不下去了，根龙说最少也得喝十来杯，阿方说根龙说得对。许三观就喝起了第七杯，他喝几口，就要喘一会粗气，第九杯没有喝完，许三观站起来，说不能再喝了，再喝就要出人命了，而且他的腿也蹲麻了。阿方说腿蹲麻了就站着喝，根龙说再喝一杯，许三观连连摇头，说他一口也不能喝了，他说他身上的血本来已经在发胀了，水喝多了就胀得更难受了。阿方说那就去医院吧，于是他们三个人走进了医院。

他们把身上的血卖给了李血头，从李血头手里拿过来钱以后，就来到了胜利饭店，三个人在靠窗的桌旁一坐下，许三观抢在阿方和根龙前面拍起了桌子，对着跑堂喊道：

"一盘炒猪肝，二两黄酒，黄酒给我温一温。"

然后他心满意足地看着阿方和根龙也和他一样地拍起了桌子，阿方和根龙先后对跑堂说：

"一盘炒猪肝，二两黄酒。"

"一盘炒猪肝，二两黄酒。"

许三观看到他们忘了说"黄酒温一温"这句话，就向离开的跑堂招招手，然后指着阿方和根龙对跑堂说：

"他们的黄酒温一温。"

跑堂说："我活到四十三岁了，没见过大热天还要温黄酒的。"

许三观听了这话，就去看阿方和根龙，看到他们两个都嘻嘻笑了，他知道自己丢丑了，也跟着阿方和根龙嘻嘻笑了起来。

笑了一会，阿方对许三观说："你要记住了，你卖了血以后，十天不能和你女人干事。"

许三观问:"这是为什么?"

阿方说:"吃一碗饭才只能生出几滴血来,而一碗血只能变成几颗种子,我们乡下人叫种子,李血头叫精子……"

许三观这时候心都提起来了,他想到自己刚才还和林芬芳一起干事了,这么一想他觉得自己都要瘫痪了,他问阿方:

"要是先和女人干了事,再去卖血呢?"

阿方说:"那就是不要命了。"

第十六章

一个戴眼镜的男人提着十斤肉骨头、五斤黄豆、两斤绿豆、一斤菊花,满头大汗地来到了许玉兰家,许玉兰不知道他是谁,看着他把提来的东西往桌子上一放,又看着他撩起汗衫擦干净脸上的汗水,再看着他拿起她凉在桌上的一大杯子水咕咚咕咚地全喝了下去。戴眼镜的男人喝完了水,对许玉兰说:

"你是许玉兰,我认识你,大家都叫你油条西施。你的男人叫许三观,我也认识。你知道我是谁吗?我是林芬芳的男人,丝厂的林芬芳,和你的男人在一个厂,一个车间,我的女人去河边洗衣服,洗完衣服站起来就摔倒了,摔断了右腿……"

许玉兰插进去问他:"怎么摔倒的?"

"踩到了一块西瓜皮。"

戴眼镜的男人问许玉兰:"许三观呢?"

"他不在，"许玉兰说，"他在丝厂上班，他马上就要回来了。"

然后许玉兰看着桌上的肉骨头、黄豆什么的对他说：

"你以前没到我家来过，许三观也没说起过你，你刚才进来时，我还在心里想这人是谁呀，怎么给我们送这么多东西来，你看那张桌子都快放不下了。"

戴眼镜的男人说："这不是我送给你们的，这是许三观送给我女人林芬芳的。"

许玉兰说："许三观送给你的女人？你的女人是谁？"

"我刚才说过了，我的女人叫林芬芳。"

"我知道了，"许玉兰说，"就是丝厂的林大胖子。"

戴眼镜的男人说完那句话以后，什么话都不说了，他坐在许玉兰家的门旁，好像没有遇到风的树一样安静。他看着门外，等着许三观回来。让许玉兰一个人在桌子旁站着，看着肉骨头，看着黄豆，看着绿豆和菊花，心里一阵阵糊涂。

许玉兰对他说，又像是在对自己说：

"许三观为什么给你女人送东西？一送就送了这么多，把这张桌子都快堆满了，这肉骨头有十来斤，这黄豆有四五斤，这绿豆也有两斤，还有一斤菊花。他送这么多东西给你的女人……"

许玉兰一下子明白了："许三观肯定和你的女人睡过觉了。"

许玉兰喊叫起来："许三观，你这个败家子。平日里比谁都要小气，我扯一块布，你都要心疼半年，可是给别的女人送东西，一送就送这么多,多得我掰着手指数都数不过来……"

然后,许三观回来了。许三观看到一个戴眼镜的男人坐在他家门口,他认出来这是林芬芳的男人,于是脑子里"嗡嗡"叫了两声,他跨进家门,看到桌子上堆的东西,脑子里又"嗡嗡"叫了两声。他再去看许玉兰,许玉兰正对着他在喊叫,他心想自己要完蛋了。

戴眼镜的男人这时站起来,走到屋外,向许三观的邻居们说:

"你们都过来,我有话要对你们说,你们都过来,小孩也过来,你们听我说……"

戴眼镜的男人指着桌上的东西,对许三观的邻居们说:

"你们都看到桌子上堆着的肉骨头、黄豆、绿豆了吧?还有一斤菊花你们看不到,被肉骨头挡住了,这是许三观送给我女人的,我女人叫林芬芳,这城里很多人都认识她,你们也认识她?我看到你们点头了。我女人和这个许三观都在丝厂里工作,还在一个车间。我女人去河边洗衣服时摔了一跤,把腿摔断了,这个许三观就到我们家来看望我女人。别人来看望我女人,也就是坐一会,说几句话就走了。这个许三观来看望我的女人,是爬到我女人床上去看望,他把我女人强奸了。你们想想,我女人还断着一条腿……"

许三观这时申辩道:"不是强奸……"

"就是强奸。"

戴眼镜的男人斩钉截铁，然后他对许三观的邻居们说：

"你们说是不是？我女人断着一条腿，推得开他吗？我女人一动都要疼半天，你们想想，我女人能把他推开吗？这个许三观，连一个断了腿的女人都不放过，你们说，他是不是禽兽不如？"

邻居们没有回答戴眼镜男人的提问，他们都好奇地看着许三观，只有许玉兰出来同意他的话，她伸手捏住许三观的耳朵：

"你这个人真是禽兽不如，你把我的脸都丢尽啦，你让我以后怎么做人啊？"

戴眼镜的男人继续说："这个许三观强奸了我的女人，就买了这些肉骨头、黄豆送给我女人，我女人的嘴还真被他堵住了。要不是我看到这一大堆东西，我还真不知道自己的女人被别人睡过了。我看到这一大堆东西，就知道里面有问题，要不是我拍着桌子骂了半天，我女人还不会告诉我这些。"

说到这里，戴眼镜的男人走到桌子旁，收拾起桌上的肉骨头、黄豆来了，他将这些东西背到了肩上，对许三观的邻居们说：

"我今天把这些东西带来，就是要让你们看看，也让你们知道许三观是个什么样的人，往后你们都要提防他，这是一条色狼。谁家没有女人？谁家都得小心着。"

戴眼镜的男人背着十斤肉骨头，五斤黄豆，两斤绿豆，还有一斤菊花回家去了。

那时候许玉兰正忙着用嘴骂许三观，同时还用手拧着许三观的脸，没注意戴眼镜的男人在做什么，当她扭头看到桌子上什么都没有时，戴眼镜的男人已经走出去了，她马上追出去，在后面喊叫：

"你回来，你怎么把我家的东西拿走啦？"

戴眼镜的男人对她的喊叫充耳不闻，头都没回地往前走去，许玉兰指着他的背影对邻居们说：

"世上还有脸皮这么厚的人，拿着人家的东西，还走得这么大摇大摆。"

许玉兰骂了一会，看到戴眼镜的男人走远了，才回过身来，她看了一眼许三观，一看到许三观，她的身体就往下一沉，坐在了门槛上。她对着邻居们哭诉起来，她抹着眼泪说：

"这个家要亡啦，别人是国破家亡，我们是国没破，家先亡。先是方铁匠来抄家，还没出一个月，又出了个家贼，这个许三观真是禽兽不如，平日里是出了名的小气，我扯一块布他都要心疼半年，可是给那个林大胖子，那个胖骚娘们一送就送了十斤肉骨头，黄豆有四五斤，绿豆也不会少于两斤，还有菊花，这可要花多少钱啊？"

说到这里，许玉兰想到了什么，她一下子站起来，转身对着许三观喊叫道：

"你偷了我的钱，你偷了我藏在箱子底下的钱，那可是我一分钱、两分钱积蓄起来的，我积蓄了十年，我十年的心血啊，你去给了那个胖女人……"

许玉兰说着跑到箱子前,打开箱子在里面找了一阵,渐渐地她没有了声音,她找到了自己的钱。当她关上箱子时,看到许三观已将门关上了。许三观把邻居们关到了屋外,然后站在那里对着许玉兰讨好地笑着,手里还拿着三十元钱,三张十元的钱像扑克牌似的在他手里打开着,许玉兰走过去就把钱拿了过来,低声问他:

"这是哪来的钱?"

许三观也低声说:"是我卖血挣来的。"

"你又去卖血啦。"

许玉兰叫了起来,随后又哭开了,她边哭边说:

"我当初为什么要嫁给你啊?我受苦受累跟了你十年,为你生了三个儿子,你什么时候为我卖过一次血?想不到你是个狼心狗肺的人,你卖了血就是为了给那个胖骚娘们送什么肉骨头……"

许三观这时拍着她的肩膀说:"你什么时候给我生了三个儿子?一乐是谁的儿子?我卖血去还了方铁匠的债,我是为了谁?"

许玉兰一时间没有了声音,她看了许三观一会后,对他说:

"你说,你和那个林大胖子是怎么回事?这么胖的女人你都要。"

许三观伸手摸着自己的脸说:"她摔断了腿,我就去看看她,这也是人之常情……"

"什么人之常情,"许玉兰说,"你爬到人家床上去也是人之常情?你说下去。"

许三观说:"我伸手去捏捏她的腿,问她哪儿疼……"

"是大腿,还是小腿?"

"先是捏小腿,后来捏到了大腿上。"

"你这个不要脸的。"许玉兰伸出手指去戳他的脸,"接下去呢?接下去你干了什么?"

"接下去?"许三观迟疑了一下后说,"接下去我就捏住了她的奶子。"

"啊呀!"许玉兰喊叫起来,"你这个没出息的,你怎么去学那个王八蛋何小勇?"

第十七章

许玉兰从许三观手里缴获的三十元钱,有二十一元五角花在做衣服上,她给自己做了一条卡其布的灰色裤子,一件浅蓝底子深蓝碎花的棉袄,也给一乐、二乐、三乐都做了新棉袄,就是没有给许三观做衣服,因为他和林芬芳的事让她想起来就生气。

一转眼冬天来了,许三观看到许玉兰和一乐、二乐、三乐都穿上了新棉袄,就对许玉兰说:

"我卖血挣来的钱,花在你身上,花在二乐和三乐身上,我都很高兴,就是花在一乐身上,我心里不高兴。"

许玉兰这时候就会叫起来:"把钱花到林大胖子身上,你就高兴啦?"

许三观低下头去,有些伤心起来,他说:

"一乐不是我儿子,我养了他九年了,接下去还要养他好几年,这些我都认了。我在丝厂送蚕茧挣来的汗钱花到一乐身上,我也愿意了。我卖血挣来的血钱再花到他身上,我心里就要难受起来。"

许玉兰听他这么一说,就把那三十元里面剩下的八元五角拿出来,又往里面贴了两元钱,给许三观做了一身藏青的卡其布中山服。她对许三观说:

"这衣服是你卖血的钱做的,我还往里面贴了两块钱,这下你心里不难受了吧?"

许三观没有做声,许三观被许玉兰抓住把柄以后,不能像以往那样神气了。以前家里的活都是许玉兰在做,家外的活由许三观承担。许三观与林芬芳的事被揭出来后,许玉兰神气了一些日子,经常穿上精纺的线衣,手里放一把瓜子,在邻居的家中进进出出,嗑着瓜子与别人聊天,一聊就是两三个小时,而这时候许三观却在家里满头大汗地煮饭炒菜,邻居经常走进去看许三观做饭,看着他手忙脚乱的模样就要笑,他们会说:

"许三观,你在做饭?"

"许三观,你炒菜时太使劲啦,像是劈柴似的。"

"许三观,你什么时候变得这么勤快了?"

许三观就说:"没办法,我女人抓住我把柄啦。这叫风流一时,吃苦一世。"

许玉兰则是对别人说:"我现在想明白了,我以前什么事都先想着男人,想着儿子。只要他们吃得多,我宁愿自己吃得少;只要他们舒服,我宁愿自己受累。现在我想明白了,往后我要多想想自己了,我要是不替自己着想,就没人会替我着想。男人靠不住,家里有个西施一样漂亮的女人,他还要到外面去风流。儿子也靠不住……"

许三观后来觉得自己确实干了一件傻事,傻就傻在给林芬芳送什么肉骨头黄豆,那么一大堆东西往桌子上一放,林芬芳的男人再笨也会起疑心。

许三观再一想,又觉得自己和林芬芳的事其实也没什么,再怎么他也没和林芬芳弄出个儿子来,而许玉兰与何小勇弄出来了一乐,他还把一乐抚养到今天。这么一想,许三观心里生气了,他把许玉兰叫过来,告诉她:

"从今天起,家里的活我不干了。"

他对许玉兰说:"你和何小勇是一次,我和林芬芳也是一次;你和何小勇弄出个一乐来,我和林芬芳弄出四乐来了没有?没有。我和你都犯了生活错误,可你的错误比我严重。"

许玉兰听了他的话以后,哇哇叫了起来,她两只手同时伸出去指着许三观说:

"你这个人真是禽兽不如,本来我已经忘了你和那个胖骚娘们的事,你还来提醒我。我前世造的孽啊,今世得报应……"

喊叫着,许玉兰又要坐到门槛上去了,许三观赶紧拉住她,对她说:

"行啦,行啦,我以后不说这话了。"

第十八章

许三观对许玉兰说：

"今年是一九五八年，人民公社，大跃进，大炼钢铁，还有什么？我爷爷、我四叔他们村里的田地都被收回去了，从今往后谁也没有自己的田地了，田地都归国家了，要种庄稼得向国家租田地，到了收成的时候要向国家交粮食，国家就像是从前的地主，当然国家不是地主，应该叫人民公社……我们丝厂也炼上钢铁了，厂里砌出了八个小高炉，我和四个人管一个高炉，我现在不是丝厂的送茧工许三观，我现在是丝厂的炼钢工许三观，他们都叫我许炼钢。你知道为什么要炼那么多钢铁出来？人是铁，饭是钢，这钢铁就是国家的粮食，就是国家的稻子、小麦，就是国家的鱼和肉。所以炼钢铁就是在田地里种稻子……"

许三观对许玉兰说：

"我今天到街上去走了走,看到很多戴红袖章的人挨家挨户地进进出出,把锅收了,把碗收了,把米收了,把油盐酱醋都收了去,我想过不了两天,他们就会到我们家来收这些了,说是从今往后谁家都不可以自己做饭了,要吃饭去大食堂。你知道城里有多少个大食堂?我这一路走过来看到了三个,我们丝厂一个;天宁寺是一个,那个和尚庙也改成食堂了,里面的和尚全戴上了白帽子,围上了白围裙,全成了大师傅;还有我们家前面的戏院,戏院也变成了食堂,你知道戏院食堂的厨房在哪里吗?就在戏台上,唱越剧的小旦、小生一大群都在戏台上洗菜淘米,听说那个唱老生的是司务长,那个丑角是副司务长……"

许三观对许玉兰说:

"前天我带你们去丝厂大食堂吃了饭,昨天我带你们去天宁寺大食堂吃了饭,今天我带你们去戏院大食堂吃饭。天宁寺大食堂的菜里面肉太少,和尚们以前是不吃荤的,所以肉就少。我们昨天在那里吃青椒炒肉时,你没听到他们在说:'这不是青椒炒肉,这是青椒少肉'吗?三个大食堂吃下来,你和儿子们都喜欢戏院的大食堂,我还是喜欢我们丝厂的大食堂。戏院食堂的菜味道不错,就是量太少;我们丝厂大食堂菜多,肉也多,吃得我心满意足。我在天宁寺食堂吃了以后,没有打饱嗝;在戏院食堂吃了也没打饱嗝;就是在丝厂食堂吃了以后,饱嗝打了一宵,一直打到天亮。明天我带你们去市政府的大食堂吃饭,那里的饭菜是全城最好吃的。我是听方铁匠说的,他说那里的大师傅全是胜利饭店过去的厨师,胜利饭店的厨师做出来的菜,肯定是全城最好的。你知道他们最拿手的菜是什么?就是爆炒猪肝……"

许三观对许玉兰说:

"我们明天不去市政府大食堂吃饭了,在那里吃一顿饭累得我一点力气都没有了,全城起码有四分之一的人都到那里去吃饭,吃一顿饭比打架还费劲,把我们的三个儿子都要挤坏了,我衣服里面的衣服全湿了,还有人在那里放屁,弄得我一点胃口都没有。我们明天去丝厂食堂吧,我知道你们想去戏院食堂,可是戏院食堂已经关掉了,听说天宁寺食堂这两天也要关门了,就是我们丝厂食堂还没有关门,不过我们要去得早,去晚了就什么都吃不上了……"

许三观对许玉兰说:

"城里的食堂全关门了,好日子就这么过去了,从今以后谁也不来管我们吃什么了,我们是不是重新自己管自己了?可是我们吃什么呢?"

许玉兰说:

"床底下还有两缸米。当初他们来我们家收锅、收碗、收米、收油盐酱醋时,我舍不得这两缸米,舍不得这些从你们嘴里节省出来的米,我就没有交出去……"

第十九章

许玉兰嫁给许三观已经有十年，这十年里许玉兰天天算计着过日子，她在床底下放着两口小缸，那是盛米的缸。在厨房里还有一口大一点的米缸，许玉兰每天做饭时，先是揭开厨房里米缸的木盖，按照全家每个人的饭量，往锅里倒米，然后再抓出一把米放到床下的小米缸中。她对许三观说：

"每个人多吃一口饭，谁也不会觉得多；少吃一口饭，谁也不会觉得少。"

她每天都让许三观少吃两口饭，有了一乐、二乐、三乐以后，也让他们每天少吃两口饭，至于她自己，每天少吃的就不止是两口饭了。节省下来的米，被她放进床下的小米缸，原先只有一口小缸，放满了米以后，她又去弄来了一口小缸，没有半年又放满了，她还想再去弄一口小缸来，许三观没有同意，他说：

"我们家又不开米店，存了那么多米干什么？到了夏天吃不完的话，米里面就会长虫子。"

许玉兰觉得许三观说得有道理，就满足于床下只有两口小缸，不再另想办法。

米放久了就要长出虫子来，虫子在米里面吃喝拉睡的，把一粒一粒的米都吃碎了，好像面粉似的，虫子拉出来的屎也像面粉似的，混在里面很难看清楚，只是稍稍有些发黄。所以床下两口小缸里的米放满以后，许玉兰就把它们倒进厨房的米缸里。

然后，她坐在床上，估算着那两小缸的米有多少斤，值多少钱，她把算出来的钱叠好了放到箱子底下。这些钱她不花出去，她对许三观说：

"这些钱是我从你们嘴里一点一点掏出来的，你们一点都没觉察到吧？"

她又说："这些钱平日里不能动，到了紧要关头才能拿出来。"

许三观对她的做法不以为然，他说：

"你这是脱裤子放屁，多此一举。"

许玉兰说："话可不能这么说，人活一辈子，谁会没病没灾？谁没有个三长两短？遇到那些倒霉的事，有准备总比没有准备好。聪明人做事都给自己留着一条退路……"

"再说，我也给家里节省出了钱……"

许玉兰经常说："灾荒年景会来的，人活一生总会遇到那么几次,想躲是躲不了的。"

当三乐八岁,二乐十岁,一乐十一岁的时候,整个城里都被水淹到了,最深的地方有一米多,最浅的地方也淹到了膝盖。在这一年六月里,许三观的家有七天成了池塘,水在他们家中流来流去,到了晚上睡觉的时候,还能听到波浪的声音。

水灾过去后,荒年就跟着来了。刚开始的时候,许三观和许玉兰还没有觉得荒年就在面前了,他们只是听说乡下的稻子大多数都烂在田里了,许三观就想到爷爷和四叔的村庄,他心想好在爷爷和四叔都已经死了,要不他们的日子怎么过呢?他另外三个叔叔还活着,可是另外三个叔叔以前对他不好,所以他也就不去想他们了。

到城里来要饭的人越来越多,许三观和许玉兰这才真正觉得荒年已经来了。每天早晨打开屋门,就会看到巷子里睡着要饭的人,而且每天看到的面孔都不一样,那些面孔也是越来越瘦。

城里米店的大门有时候开着,有时候就关上了,每次关上后重新打开时,米价就往上涨了几倍。没过多久,以前能买十斤米的钱,只能买两斤红薯了。丝厂停工了,因为没有蚕茧;许玉兰也用不着去炸油条了,因为没有面粉,没有食油。学校也不上课了,城里很多店都关了门,以前有二十来家饭店,现在只有胜利饭店还在营业。

许三观对许玉兰说:"这荒年来得真不是时候,要是早几年来,我们还会好些；就是晚几年来，我们也能过得去。偏偏这时候来了，偏偏在我们家底空了的时候来了。

"你想想，先是家里的锅和碗，米和油盐酱醋什么的被收去了，家里的灶也被他们砸了，原以为那几个大食堂能让我们吃上一辈子，没想到只吃了一年，一年以后又要吃自己了，重新起个灶要花钱，重新买锅碗瓢盆要花钱，重新买米和油盐酱醋也要花钱。这些年你一分、两分节省下来的钱就一下子花出去了。

"钱花出去了倒也不怕，只要能安安稳稳过上几年，家底自然又能积起来一些。可是这两年安稳了吗？先是一乐的事，一乐不是我儿子，我是当头挨了一记闷棍，这些就不说了，这个一乐还给我们去闯了祸，让我赔给了方铁匠三十五元钱。这两年我过得一点都不顺心，紧接着这荒年又来了。

"好在床底下还有两缸米……"

许玉兰说："床底下的米现在不能动，厨房的米缸里还有米。从今天起，我们不能再吃午饭了，我估算过了，这灾荒还得有半年，要到明年开春以后，地里的庄稼都长出来以后，这灾荒才会过去。家里的米只够我们吃一个月，如果每天都喝稀粥的话，也只够吃四个月多几天。剩下还有一个多月的灾荒怎么过？总不能一个多月不吃不喝，要把这一个多月拆开了，插到那四个月里面去。趁着冬天还没有来，我们到城外去采一些野菜回来，厨房的米缸过不了几天就要空了，刚好把它腾出来放野菜，再往里面撒上盐，野菜撒上了盐就不会烂,起码四五个月不会烂掉。家里还有一些钱,我藏在褥子底下,这钱你不知道,是我这些年买菜时节省下来的,有十九元六角七分,拿出十三元去买玉米棒子,能买一百斤回来,把玉米剥下来,自己给磨成粉,估计也有三十来斤,玉米粉混在稀粥里一起煮了吃,稀粥就会很稠,喝到肚子里也能觉得饱……"

许三观对儿子们说:"我们喝了一个月的玉米稀粥了,你们脸上红润的颜色喝没了,你们身上的肉也越喝越少了,你们一天比一天无精打采,你们现在什么话都不会说了,只会说饿、饿、饿,好在你们的小命都还在。现在城里所有的人都在过苦日子。你们到邻居家去看看,再到你们的同学家里去看看,每天有玉米稀粥喝的已经是好人家了。这苦日子还得往下熬。米缸里的野菜你们都说吃腻了,吃腻了也得吃,你们想吃一顿干饭,吃一顿不放玉米粉的饭,我和你们妈商量了,以后会做给你们吃的,现在还不行,现在还得吃米缸里的野菜,喝玉米稀粥。你们说玉米稀粥也越来越稀了,这倒是真的,因为这苦日子还没有完,苦日子往后还很长,我和你们妈也没有别的办法,只好先把你们的小命保住,别的就顾不上了,俗话说得好,留得青山在不怕没柴烧,只要把命保住了,熬过了这苦日子,往后就是很长很长的好日子了。现在你们还得喝玉米稀粥,稀粥越来越稀,你们说尿一泡尿,肚子里就没有稀粥了。这话是谁说的?是一乐说的,我就知道这话是他说的,你这小崽子。你们整天都在说饿、饿、饿,你们这么小的人,一天喝下去的稀粥也不比我少,可你们整天说饿、饿、饿,为什么?就是因为你们每天还出去玩,你们一喝完粥就溜出去,我叫都叫不住,三乐这小崽子今天还在外面喊叫,这时候还有谁会喊叫?这时候谁说话都是轻声细气的,谁的肚子里都在咕咚咕咚响着,本来就没吃饱,一喊叫,再一跑,喝下去的粥他妈的还会有吗?早他妈的消化干净了。从今天起,二乐、三乐,还有你,一乐,喝完粥以后都给我上床去躺着,不要动,一动就会饿,你们都给我静静地躺着,我和你们妈也上床躺着……我不能再说话了,我饿得一点力气都没有了,我刚才喝下去的稀粥一点都没有了。"

许三观一家人从这天起,每天只喝两次玉米稀粥了,早晨一次,晚上一次,别的时间全家都躺在床上,不说话也不动。一说话一动,肚子里就会咕咚咕咚响起来,就会饿。不说话也不动,静静地躺在床上,就会睡着了。于是许三观一家人从白天睡到晚上,又从晚上睡到白天,一睡睡到了这一年的十二月七日。

这一天晚上,许玉兰煮玉米稀粥时比往常多煮了一碗,而且玉米粥也比往常稠了很多,她把许三观和三个儿子从床上叫起来,笑嘻嘻地告诉他们:

"今天有好吃的。"

许三观和一乐、二乐、三乐坐在桌前,伸长了脖子看着许玉兰端出来什么,结果许玉兰端出来的还是他们天天喝的玉米粥。先是一乐失望地说:"还是玉米粥。"二乐和三乐也跟着同样失望地说：

"还是玉米粥。"

许三观对他们说："你们仔细看看，这玉米粥比昨天的，比前天的，比以前的可是稠了很多。"

许玉兰说："你们喝一口就知道了。"

三个儿子每人喝了一口以后，都眨着眼睛一时间不知道是什么味道，许三观也喝了一口，许玉兰问他们：

"知道我在粥里放了什么吗？"

三个儿子都摇了摇头，然后端起碗呼呼地喝起来，许三观对他们说：

"你们真是越来越笨了，连甜味道都不知道了。"

这时一乐知道粥里放了什么了，他突然叫起来：

"是糖，粥里放了糖。"

二乐和三乐听到一乐的喊叫以后，使劲地点起了头，他们的嘴却没有离开碗，边喝边发出咯咯的笑声。许三观也哈哈笑着，把粥喝得和他们一样响亮。

许玉兰对许三观说："今天我把留着过春节的糖拿出来了，今天的玉米粥煮得又稠又黏，还多煮了一碗给你喝，你知道是为什么？今天是你的生日。"

许三观听到这里，刚好把碗里的粥喝完了，他一拍脑袋叫起来：

"今天就是我妈生我的第一天。"

然后他对许玉兰说:"所以你在粥里放了糖,这粥也比往常稠了很多,你还为我多煮了一碗,看在我自己生日的分上,我今天就多喝一碗了。"

当许三观把碗递过去的时候,他发现自己晚了。一乐、二乐、三乐的三只空碗已经抢在了他的前面,朝许玉兰的胸前塞过去,他就挥挥手说:

"给他们喝吧。"

许玉兰说:"不能给他们喝,这一碗是专门为你煮的。"

许三观说:"谁喝了都一样,都会变成屎,就让他们去多屙一些屎出来。给他们喝。"

然后许三观看着三个孩子重新端起碗来,把放了糖的玉米粥喝得哗啦哗啦响,他就对他们说:

"喝完以后,你们每人给我叩一个头,算是给我的寿礼。"

说完心里有些难受了,他说:

"这苦日子什么时候才能完?小崽子苦得都忘记什么是甜,吃了甜的都想不起来这就是糖。"

三个孩子喝完了玉米粥,都伸长了舌头舔起了碗,舌头像是巴掌似的把碗拍得噼啪响。把碗舔干净了,一乐放下碗问许三观:

"爹,现在是不是要给你叩头了?"

"你们都喝完了吗?"许三观把三个孩子挨着看了一遍,"你们喝完了粥,你们该给我叩头了。"

一乐问:"我们是一个一个轮流着给你叩头,还是三个人一起给你叩头?"

许三观说:"一个一个来,从大到小,一乐你先来。"

一乐走到许三观前面,跪到地上,然后问许三观:

"要叩几个头?"

许三观说:"三个。"

一乐就叩了三个头,然后二乐和三乐也给许三观叩了三个头。许三观看他们都没有把头碰到地上,就说:

"别人家的儿子给爹叩头,脑袋都把地敲出声响来,你们三个小崽子都没碰着地……"

许三观说完以后,一乐说:

"刚才不算了,我们重新给你叩头。"

说着一乐跪下去,将脑袋在地上敲了三下,二乐和三乐也学着一乐的样子用脑袋去敲地。许三观听着他们把地敲得咚咚直响,哈哈笑起来,他说:

"我听到了,我眼睛看到你们叩头了,耳朵也听到你们叩头了,行啦,我已经收到你们送的寿礼了……"

二乐:"爹,我们一起给你叩一次头。"

许三观连连摆手说:"行啦,不用啦……"

三个孩子排成一排,跪在地上,一起用脑袋敲起了地,他们咯咯笑着把地敲得咚咚响,许三观急了,走上去把三个孩子一个一个提起来，他说：

"别叩啦，你们这地方是脑袋，不是屁股，这地方不能乱敲，你们把自己敲成了傻子，倒霉的还是我。"

然后许三观重新在椅子里坐下，让三个孩子在前面站成一排，他对他们说：

"换成别人家，儿子给爹祝寿，送的礼堆起来就是一座小山，不说别的，光寿桃就是一百个，还有吃的，穿的，用的，什么都有。再看看你们给我祝寿，什么都没有，只有几个响头。"

许三观看到三个儿子互相看来看去的，他继续说：

"你们也别看来看去了，你们三个都穷得皮包骨头，你们能送我什么？你们能叩几个响头给我，我就知足了。"

这天晚上，一家人躺在床上时，许三观对儿子们说：

"我知道你们心里最想的是什么，就是吃，你们想吃米饭，想吃用油炒出来的菜，想吃鱼啊肉啊的。今天我过生日，你们都跟着享福了，连糖都吃到了，可我知道你们心里还想吃，还想吃什么？看在我过生日的分上，今天我就辛苦一下，我用嘴给你们每人炒一道菜，你们就用耳朵听着吃了，你们别用嘴，用嘴连个屁都吃不到，都把耳朵竖起来，我马上就要炒菜了。想吃什么，你们自己点。一个一个来，先从三乐开始。三乐，你想吃什么？"

三乐轻声说："我不想再喝粥了，我想吃米饭。"

"米饭有的是，"许三观说，"米饭不限制，想吃多少就有多少，我问的是你想吃什么菜。"

三乐说："我想吃肉。"

"三乐想吃肉，"许三观说，"我就给三乐做一个红烧肉。肉，有肥有瘦，红烧肉的话，最好是肥瘦各一半，而且还要带上肉皮，我先把肉切成一片一片的，有手指那么粗，半个手掌那么大，我给三乐切三片……"

三乐说："爹，给我切四片肉。"

"我给三乐切四片肉……"

三乐又说："爹，给我切五片肉。"

许三观说："你最多只能吃四片，你这么小一个人，五片肉会把你撑死的。我先把四片肉放到水里煮一会，煮熟就行，不能煮老了，煮熟后拿起来晾干，晾干以后放到油锅里一炸，再放上酱油，放上一点五香，放上一点黄酒，再放上水，就用文火慢慢地炖，炖上两个小时，水差不多炖干时，红烧肉就做成了……"

许三观听到了吞口水的声音。"揭开锅盖，一股肉香是扑鼻而来，拿起筷子，夹一片放到嘴里一咬……"

许三观听到吞口水的声音越来越响。"是三乐一个人在吞口水吗？我听声音这么响，一乐和二乐也在吞口水吧？许玉兰你也吞上口水了。你们听着，这道菜是专给三乐做的，只准三乐一个人吞口水，你们要是吞上口水，就是说你们在抢三乐的红烧肉吃。你们的菜在后面，先让三乐吃得心里踏实了，我再给你们做。三乐，你把耳朵竖直了……夹一片放到嘴里一咬,味道是,肥的是肥而不腻,瘦的是丝丝饱满。我为什么要用文火炖肉?就是为了让味道全部炖进去。三乐的这四片红烧肉是……三乐,你可以慢慢品尝了。接下去是二乐,二乐想吃什么?"

二乐说:"我也要红烧肉,我要吃五片。"

"好,我现在给二乐切上五片肉,肥瘦各一半,放到水里一煮,煮熟了拿出来晾干,再放到……"

二乐说:"爹,一乐和三乐在吞口水。"

"一乐,"许三观训斥道,"还没轮到你吞口水。"

然后他继续说:"二乐是五片肉,放到油锅里一炸,再放上酱油,放上五香……"

二乐说:"爹,三乐还在吞口水。"

许三观说:"三乐吞口水,吃的是他自己的肉,不是你的肉,你的肉还没有做成呢……"

许三观给二乐做完红烧肉以后,去问一乐:

"一乐想吃什么?"

一乐说:"红烧肉。"

许三观有点不高兴了,他说:

"三个小崽子都吃红烧肉,为什么不早说?早说的话,我就一起给你们做了……我给一乐切了五片肉……"

一乐说:"我要六片肉。"

"我给一乐切了六片肉,肥瘦各一半……"

一乐说:"我不要瘦的,我全要肥肉。"

许三观说:"肥瘦各一半才好吃。"

一乐说:"我想吃肥肉,我想吃的肉里面要没有一点是瘦的。"

二乐和三乐这时也叫道:"我们也想吃肥肉。"

许三观给一乐做完了全肥的红烧肉以后,给许玉兰做了一条清炖鲫鱼。他在鱼肚子里面放上几片火腿,几片生姜,几片香菇,在鱼身上抹上一层盐,浇上一些黄酒,撒上一些葱花,然后炖了一个小时,从锅里取出来时是清香四溢……

许三观绘声绘色做出来的清炖鲫鱼,使屋子里响起一片吞口水的声音,许三观就训斥儿子们:

"这是给你们妈做的鱼,不是给你们做的,你们吞什么口水?你们吃了那么多的肉,该给我睡觉了。"

最后,许三观给自己做一道菜,他做的是爆炒猪肝,他说:

"猪肝先是切成片,很小的片,然后放到一只碗里,放上一些盐,放上生粉,生粉让猪肝鲜嫩,再放上半盅黄酒,黄酒让猪肝有酒香,再放上切好的葱丝,等锅里的油一冒烟,把猪肝倒进油锅,炒一下,炒两下,炒三下……"

"炒四下……炒五下……炒六下。"

一乐、二乐、三乐接着许三观的话,一人跟着炒了一下,许三观立刻制止他们:

"不，只能炒三下，炒到第四下就老了，第五下就硬了，第六下那就咬不动了，三下以后赶紧把猪肝倒出来。这时候不忙吃，先给自己斟上二两黄酒，先喝一口黄酒，黄酒从喉咙里下去时热乎乎的，就像是用热毛巾洗脸一样，黄酒先把肠子洗干净了，然后再拿起一双筷子，夹一片猪肝放进嘴里……这可是神仙过的日子……"

屋子里吞口水的声音这时又响成一片，许三观说：

"这爆炒猪肝是我的菜，一乐、二乐、三乐，还有你许玉兰，你们都在吞口水，你们都在抢我的菜吃。"

说着许三观高兴地哈哈大笑起来，他说：

"今天我过生日，大家都来尝尝我的爆炒猪肝吧。"

第二十章

生日的第二天,许三观掰着手指数了数,一家人已经喝了五十七天的玉米粥,他就对自己说:我要去卖血了,我要让家里的人吃上一顿好饭菜。

于是,许三观来到了医院,他看到李血头,心里想:全城人的脸上都是灰颜色,只有李血头的脸上还有红润;全城人脸上的肉都少了,只有李血头脸上的肉还和过去一样多;全城人都苦着脸,只有李血头笑嘻嘻的。

李血头笑嘻嘻地对许三观说:

"我认识你,你以前来卖过血,你以前来时手里都提着东西,今天你怎么两手空空?"

许三观说:"我们一家五口人喝了五十七天的玉米粥,我现在除了身上的血,别的什么都没有了,我两手空空来,就是求你把我身上的血买两碗过去，我有了钱回家，就能让家里人吃上一顿好的。你帮我，我会报答你的。"

李血头问："你怎么报答我？"

许三观说："我现在什么都没有，我以前给你送过鸡蛋，送过肉，还送过一斤白糖。白糖你没有要，你不仅没有要，还把我骂了一顿，你说你是共产党员了，你要不拿群众一针一线。我不知道你现在又要收东西了，我一点准备都没有，我不知道怎么报答你。"

李血头说："现在我也是没有办法了，遇上这灾荒年，我要是再不收点吃的，不收点喝的，这城里有名的李血头就饿死啦。等日子好过起来，我还是会不拿群众一针一线的。现在你就别把我当共产党员了，你就把我当一个恩人吧，俗话说滴水之恩，当涌泉相报，我也不要你涌泉相报，你就滴水相报吧，你就把卖了血的钱给我几元，把零头给我，整数你拿走。"

许三观卖血以后，给了李血头五元，自己带回家三十元。他把钱放到许玉兰手里，告诉她这是卖血挣来的钱，还有五元钱给了李血头，去涌泉相报了。他还告诉许玉兰，全家已经喝了五十七天的玉米粥，再往后不能天天喝玉米粥了，往后隔三差五地要吃些别的什么，他卖了血就有钱了，等到没钱时他再去卖血，这身上的血就像井里的水一样，不用是这么多，天天用也是这么多。最后他说：

"晚上不吃玉米粥了，晚上我们到胜利饭店去吃一顿好吃的。"

他说:"我现在没有力气,我说话声音小,你听到了吗?你听我说,我今天卖了血以后,没有喝二两黄酒,也没有吃一盘炒猪肝,所以我现在没有力气……不是我舍不得吃,我去了胜利饭店,饭店里是什么都没有,只有阳春面,饭店也在闹灾荒,从前的阳春面用的是肉汤,现在就是一碗清水,放一点酱油,连葱花都没有了,就是这样,还要一元七角钱一碗,从前一碗面只要九分钱。我现在一点力气都没有了,我卖了血都没有吃炒猪肝,我现在空着肚子,俗话说吃不饱饭睡觉来补,我现在要去睡觉了。"

说着许三观躺到了床上,他伸开手脚,闭上眼睛后继续对许玉兰说:

"我现在眼前一阵阵发黑,心跳得像是没有力气似的,胃里也是一抽一抽的,想吐点什么出来,我要躺一会了,我要是睡三五个小时没有醒来,不要管我;我要是睡七八个小时还没有醒来,你赶紧去叫几个人,把我抬到医院里去。"

许三观睡着以后,许玉兰手里捏着三十元钱,坐到了门槛上,她看着门外空荡荡的街道,看着风将沙土吹过去,看着对面灰蒙蒙的墙壁,她对自己说:

"一乐把方铁匠儿子的头砸破了,他去卖了一次血;那个林大胖子摔断了腿,他也去卖了一次血,为了这么胖的一个野女人,他也舍得去卖血,身上的血又不是热出来的汗;如今一家人喝了五十七天的玉米粥,他又去卖血了,他说往后还要去卖血,要不这苦日子就过不下去了。这苦日子什么时候才能完？"

说着，许玉兰掉出了眼泪，她把钱叠好放到里面的衣服口袋里，然后举起手去擦眼泪，她先是用手心擦去脸颊上的泪水，再用手指去擦眼角的泪水。

第二十一章

到了晚上,许三观一家要去胜利饭店吃一顿好吃的。

许三观说:

"今天这日子,我们要把它当成春节来过。"

所以,他要许玉兰穿上精纺的线衣,再穿上卡其布的裤子,还有那条浅蓝底子深蓝碎花的棉袄,许玉兰听了许三观的话后,就穿上了它们;许三观还要她把纱巾围在脖子上,许玉兰就去把纱巾从箱子里找了出来;许三观让许玉兰再去洗一次脸,洗完脸以后,又要许玉兰在脸上搽一层香喷喷的雪花膏,许玉兰就搽上了香喷喷的雪花膏。当许三观要许玉兰走到街道拐角的地方,去王二胡子的小吃店给一乐买一个烤红薯时,许玉兰这次站着没有动,她说:

"我知道你心里在想什么,你不愿意带一乐去饭店吃一顿好吃的，你卖血挣来的钱不愿意花在一乐身上，就是因为一乐不是你儿子。一乐不是你儿子，你不带他去，我也不说了，谁也不愿意把钱花到外人身上，可是那个林大胖子不是你的女人，她没有给你生过儿子，也没有给你洗过衣服，做过饭，你把卖血挣来的钱花在她身上，你就愿意了。"

许玉兰不愿意让一乐只吃一个烤红薯，许三观只好自己去对一乐说话，他把一乐叫过来，脱下棉袄，露出左胳膊上的针眼给一乐看，问一乐：

"你知道这是什么吗？"

一乐说："这地方出过血。"

许三观点点头说："你说得对，这地方是被针扎过的，我今天去卖血了。我为什么要卖血呢？就是为了能让你们吃上一顿好吃的，我和你妈，还有二乐和三乐要去饭店吃面条，你呢，就拿着这五角钱去王二胡子的小店买个烤红薯吃。"

一乐伸手接过许三观手里的五角钱，对许三观说：

"爹，我刚才听到你和妈说话了，你让我去吃五角钱的烤红薯，你们去吃一元七角钱的面条。爹，我知道我不是你的亲生儿子，二乐和三乐是你的亲生儿子，所以他们吃得比我好。爹，你能不能把我当一回亲生儿子，让我也去吃一碗面条？"

许三观摇摇头说："一乐，平日里我一点也没有亏待你，二乐、三乐吃什么，你也能吃什么。今天这钱是我卖血挣来的，这钱来得不容易,这钱是我拿命去换来的,我卖了血让你去吃面条,就太便宜那个王八蛋何小勇了。"

一乐听了许三观的话,像是明白似的点了点头,他拿着许三观给他的五角钱走到了门口,他从门槛上跨出去以后,又回过头来问许三观:

"爹,如果我是你的亲生儿子,你就会带我去吃面条,是不是?"

许三观伸手指着一乐说:"如果你是我的亲生儿子,我最喜欢的就是你。"

一乐听了许三观的话,咧嘴笑了笑,然后他朝王二胡子开的小吃店走去。

王二胡子是在炭盆里烤着红薯,几个烤好的红薯放在一只竹编的盘子里。王二胡子和他的女人,还有四个孩子正围着炭盆在喝粥,一乐走进去的时候,听到他们六张嘴把粥喝得哗啦哗啦响。他把五角钱递给王二胡子,然后指着盘子里最大的那个红薯说:

"你把这个给我。"

王二胡子收下了他的钱,却给了他一个小的,一乐摇摇头说:

"这个我吃不饱。"

王二胡子把那个小的红薯塞到一乐手里,对他说:

"最大的是大人吃的,最小的就是你这样的小孩吃的。"

一乐将那个红薯拿在手里看了看,对王二胡子说:

"这个红薯还没有我的手大,我吃不饱。"

王二胡子说："你还没有吃，怎么会知道吃不饱？"

一乐听到王二胡子这样说，觉得有道理，就点点头拿着红薯回家了。一乐回到家中时，许三观他们已经走了，他一个人在桌前坐下来，将那个还热着的红薯放在桌上，开始小心翼翼地剥下红薯的皮，他看到剥开皮以后，里面是橙黄一片，就像阳光一样。他闻到了来自红薯热烈的香味，而且在香味里就已经洋溢出了甜的滋味。他咬了一口，香和甜立刻沾满了他的嘴。

那个红薯一乐才咬了四口，就没有了。之后他继续坐在那里，让舌头在嘴里卷来卷去，使残留在嘴中的红薯继续着最后的香甜，直到满嘴都是口水。他知道红薯已经吃完了，可是他还想吃，他就去看刚才剥下来的红薯皮，他拿起一块放到嘴里，在焦煳里他仍然吃到了香甜，于是他把红薯的皮也全吃了下去。

吃完薯皮以后，他还是想吃，他就觉得自己没有吃饱，他站起来走出门去，再次来到王二胡子家开的小吃店，这时王二胡子他们已经喝完粥了，一家六口人都伸着舌头在舔着碗，一乐看到他们舔碗时眼睛都瞪圆了，一乐对王二胡子说：

"我没有吃饱，你再给我一个红薯。"

王二胡子说："你怎么知道自己没有吃饱？"

一乐说："我吃完了还想吃。"

王二胡子问他："红薯好吃吗？"

一乐点点头说："好吃。"

"是非常好吃呢,还是一般的好吃?"

"非常好吃。"

"这就对了。"王二胡子说,"只要是好吃的东西,吃完了谁都还想吃。"

一乐觉得王二胡子说得对,就点了点头。王二胡子对他说:

"你回去吧,你已经吃饱了。"

于是一乐又回到了家里,重新坐在桌前,他看着空荡荡的桌子,心里还想吃。这时候他想起许三观他们来了,想到他们四个人正坐在饭店里,每个人都吃着一大碗的面条,面条热气腾腾。而他自己,只吃了一个还没有手大的烤红薯。他开始哭泣了,先是没有声音地流泪,接着他扑在桌子上呜呜地大哭起来。

他哭了一阵以后,又想起许三观他们在饭店里正吃着热气腾腾的面条,他立刻止住哭声,他觉得自己应该到饭店去找他们,他觉得自己也应该吃一碗热气腾腾的面条,所以他走出了家门。

这时候天已经黑了,街上的路灯因为电力不足,发出来的亮光像是蜡烛一样微弱,他在街上走得呼呼直喘气,他对自己说:快走,快走,快走。他不敢奔跑,他听许三观说过,也听许玉兰说过,吃了饭以后一跑,肚子就会跑饿。他又对自己说:不要跑,不要跑,不要跑。他低头看着自己的脚,沿着街道向西一路走去,在西边的十字路口,有一家名叫解放的饭店。在夜晚的时候,解放饭店的灯光在那个十字路口最为明亮。

他低着头一路催促自己快走，走过了十字路口他也没有发现，他一直走到这条街道中断的地方，再往前就是一条巷子了，他才站住脚，东张西望了一会，他知道自己已经走过解放饭店了，于是再往回走。往回走的时候，他不敢再低着头了，而是走一走看一看，就这样他走回到了十字路口。他看到解放饭店门窗紧闭，里面一点灯光都看不到，他心想饭店已经关门了，许三观他们已经吃完面条了。他站在一根木头电线杆的旁边，呜呜地哭了起来。这时候走过来两个人，他们说：

"谁家的孩子在哭？"

他说："是许三观家的孩子在哭。"

他们说："许三观是谁？"

他说："就是丝厂的许三观。"

他们又说："你一个小孩，这么晚了也不回家，快回家吧。"

他说："我要找我爹妈，他们上饭店吃面条了。"

"你爹妈上饭店了？"他们说，"那你上胜利饭店去找，这解放饭店关门都有两个月了。"

一乐听到他们这么说，立刻沿着北上的路走去，他知道胜利饭店在什么地方，就在胜利桥的旁边。他重新低着头往前走，因为这样走起来快。他走完了这条街道，走进一条巷子，穿过巷子以后，他走上了另外一条街道，他看到了穿过城镇的那一条河流，他沿着河流一路走到了胜利桥。

胜利饭店的灯光在夜晚里闪闪发亮，明亮的灯光让一乐心里涌上了欢乐和幸福，好像他已经吃上了面条一样，这时候他奔跑了起来。当他跑过了胜利桥，来到胜利饭店的门口时，却没有看到许三观、许玉兰，还有二乐和三乐。里面只有两个饭店的伙计拿着大扫把在扫地，他们已经扫到了门口。

一乐站在门口，两个伙计把垃圾扫到了他的脚上，他问他们：

"许三观他们来吃过面条了吗？"

他们说："走开。"

一乐赶紧让到一旁，看着他们把垃圾扫出来，他又问：

"许三观他们来吃过面条了吗？就是丝厂的许三观。"

他们说："早走啦，来吃面条的人早就走光啦。"

一乐听他们这样说，就低着头走到一棵树的下面，低着头站了一会，然后坐到了地上，双手抱住自己的膝盖，又将头靠在了膝盖上，他开始哭了。他让自己的哭声越来越响，他听到这个夜晚里什么声音都没有了，风吹来吹去的声音没有了，树叶抖动的声音没有了，身后饭店里凳子搬动的声音也没有了，只有他自己的哭声在响着，在这个夜晚里飘着。

他哭了一会，觉得自己累了，就不再哭下去，伸手去擦眼泪，这时候他听到那两个伙计在关门了。他们关上门，看到一乐还坐在那里，就对他说：

"你不回家了？"

一乐说:"我要回家。"

他们说:"要回家还不快走,还坐在这里干什么?"

一乐说:"我坐在这里休息,我刚才走了很多路,我很累,我现在要休息。"

他们走了,一乐看着他们先是一起往前走,走到前面拐角的地方,有一个转身走了进去,另一个继续往前走,一直走到一乐看不见他的地方。

然后一乐也站了起来,他开始往家里走去了。他一个人走在街道上和巷子里,听着自己走路的声音,他觉得自己越来越饿,他觉得自己像是没有吃过那个烤红薯,力气越来越没有了。

当他回到家中时,家里人都在床上睡着了,他听到许三观呼噜呼噜的鼾声,二乐翻了一个身又说了一句梦话,只有许玉兰听到他推门进屋的声音,许玉兰说:

"一乐。"

一乐说:"我饿了。"

一乐站在门口等了一会,许玉兰才又说:"你去哪里了?"

一乐说:"我饿了。"

又是过了一会,许玉兰说:"快睡吧,睡着了就不饿了。"

一乐还是站在那里,可是很久以后,许玉兰都没再说话,一乐知道她睡着了,她不会再对他说些什么,他就摸到床前,脱了衣服上床躺了下来。

他没有马上睡着，他的眼睛看着屋里的黑暗，听着许三观的鼾声在屋里滚动，他告诉自己：就是这个人，这个正打着呼噜的人，不让他去饭店吃面条，也是这个人，让他现在饿着肚子躺在床上，还是这个人，经常说他不是他的亲生儿子。最后，他对许三观的鼾声说：我不是你的亲生儿子，你也不是我亲爹。

第二十二章

第二天早晨,一乐喝完玉米粥以后,就抬脚跨出了门槛。那时候许三观和许玉兰还在屋子里,二乐和三乐坐在门槛上,他们看着一乐的两条腿跨了出去,从他们的肩膀旁像是胳膊似的一挥就出去了,二乐看着一乐向前走去,头也不回,就对他叫道:

"一乐,你去哪里?"

一乐说:"去找我爹。"

二乐听了他的回答以后,回头往屋里看了看,他看到许三观正伸着舌头在舔碗,他觉得很奇怪,接着他咯咯笑了起来,他对三乐说:

"爹明明在屋子里,一乐还到外面去找。"

三乐听了二乐的话后,也跟着二乐一起咯咯笑了起来,三乐说:

"一乐没有看见爹。"

这天早晨一乐向何小勇家走去了,他要去找他的亲爹,他要告诉亲爹何小勇,他不再回到许三观家里去了,哪怕许三观天天带他去胜利饭店吃面条,他也不会回去了。他要在何小勇家住下来,他不再有两个弟弟了,而是有了两个妹妹,一个叫何小英,一个叫何小红。他的名字也不叫许一乐了,应该叫何一乐。总而言之,从今往后他看到何小勇就要爹、爹、爹地一声声叫了。

一乐来到了何小勇家门口,就像他离开许三观家时,二乐和三乐坐在门槛上一样,他来到何小勇家时,何小英和何小红也坐在门槛上。两个女孩看到一乐走过来,都扭回头去看屋里了。一乐对她们说:

"你们的哥哥来啦。"

于是两个女孩又把头扭回来看他了,他看到何小勇在屋里,就向何小勇叫道:

"爹,我回来啦。"

何小勇从屋里出来,伸手指着一乐说:"谁是你的爹?"

随后他的手往外一挥,说:"走开。"

一乐站着没有动,他说:"爹,我今天来和上次来不一样,上次是我妈要我来的,上次我还不愿意来。今天是我自己要来的,我妈不知道,许三观也不知道。爹,我今天来了就不回去了,爹,我就在你这里住下了。"

何小勇又说:"谁是你的爹?"

一乐说:"你就是我的爹。"

"放屁。"何小勇说,"你爹是许三观。"

"许三观不是我亲爹,你才是我的亲爹。"

何小勇告诉一乐:"你要是再说我是你爹,我就要用脚踢你,用拳头揍你了。"

一乐摇摇头说:"你不会的。"

何小勇的邻居们都站到了门口,有几个人走过来,走过来对何小勇说:

"何小勇,他是你的儿子也好,不是你的儿子也好,你都不能这样对待他。"

一乐对他们说:"我是他的儿子。"

何小勇的女人出来了,指着一乐对他们说:

"又是那个许玉兰,那个骚女人让他来的。那个骚女人今天到东家去找个野男人,明天又到西家去找个野男人,生下了野种就要往别人家里推,要别人拿钱供她的野种吃,供她的野种穿。这年月谁家的日子都过不下去,我们一家人已经几天没吃什么东西了,一家人饿了一个多月了,肚皮上的皮都要和屁股上的皮贴到一起了……"

一乐一直看着何小勇的女人,等她把话说完了,他扭过头来对何小勇说:

"爹,你是我的亲爹,你带我到胜利饭店去吃一碗面条。"

"你们听到了吗？"

何小勇的女人对邻居们说："他还想吃面条，我们一家人吃糠咽菜两个月了，他一来就要吃面条，还要去什么胜利饭店……"

一乐对何小勇说："爹，我知道你现在没有钱，你去医院卖血吧，卖了血你就会有钱了，卖了血你带我去吃面条。"

"啊呀！"

何小勇的女人叫了起来，她说，"他还要何小勇去医院卖血，他是要我们何小勇的命啊，他想害死我们何小勇。何小勇，你还不把他赶走。"

何小勇走过去对一乐说："滚开。"

一乐没有动，他说："爹，我不走。"

何小勇一把抓住一乐的衣服领子，将一乐提起来，走了几步，何小勇提不动了，就把一乐放下，然后拖着一乐走。一乐的两只手使劲地拉住自己的衣领，半张着嘴呼哧呼哧地喘着气。何小勇拖着一乐走到巷子口才站住脚，把一乐推到墙上，伸手指着一乐的鼻子说：

"你要是再来，我就宰了你。"

说完，何小勇转身就走。一乐贴着墙壁站在那里，看着何小勇走回到家里，他的身体才离开了墙壁，走到了大街上，站在那里左右看了一会以后，他低着头向西走去。

有几个认识许三观的人，看到一个十一二岁的孩子，低着头一路向西走去，他们看到这个孩子的眼泪不停地掉到了地上，有时掉在鞋上。他们想这是谁家的孩子，哭得这么伤心，走近了一看，认出来是许三观家的一乐。

最先是方铁匠，方铁匠说：

"一乐，一乐你为什么哭？"

一乐说："许三观不是我的亲爹，何小勇也不是我的亲爹，我没有亲爹了，所以我就哭了。"

方铁匠说："一乐你为什么要往西走？你的家在东边。"

一乐说："我不回家了。"

方铁匠说："一乐，你快回家去。"

一乐说："方铁匠，你给我买一碗面条吃吧！我吃了你的面条，你就是我的亲爹。"

方铁匠说："一乐，你在胡说些什么？我就是给你买十碗面条，我也做不了你的亲爹。"

然后是其他人，他们也对一乐说：

"你是许三观家的一乐，你为什么哭？你为什么一个人往西走？你的家在东边，你快回家吧。"

一乐说："我不回家了，你们去对许三观说，说一乐不回家了。"

他们说："你不回家了，你要去哪里？"

一乐说："我不知道要去哪里，我只知道不回家了。"

一乐又说："你们谁去给我买一碗面条吃，我就做谁的亲生儿子，你们谁去买面条？"

他们去告诉许三观：

"许三观，你家的一乐呜呜哭着往西走了；许三观，你家的一乐不认你这个爹了；许三观，你家的一乐见人就张嘴要面条吃；许三观，你家的一乐说谁给他吃一碗面条，谁就是他的亲爹；许三观，你家的一乐到处在要亲爹，就跟要饭似的，你还不知道，你还躺在藤榻里，你还架着腿，你快去把他找回来吧。"

许三观从藤榻里站起来说：

"这个小崽子是越来越笨了，他找亲爹不去找何小勇，倒去找别人；他找亲爹不到何小勇家里去找，倒是往西走，越走离他亲爹的家越远。"

说完许三观重新躺到藤榻里。他们说："你怎么又躺下了，你快去把他找回来吧。"

许三观说："他要去找自己亲爹，我怎么可以去拦住他呢？"

他们听了许三观的话，觉得有道理，就不再说什么，一个一个离去了。后来，又来了另外几个人，他们对许三观说：

"许三观，你知道吗？今天早晨你家的一乐去找何小勇了，一乐去认亲爹了。一乐这孩子可怜，被何小勇的女人指着鼻子骂，还骂了你女人许玉兰，骂出来的话要有多难听就有多难听。一乐可怜，被那个何小勇从家门口一直拖到巷子口。"

许三观问他们："何小勇的女人骂我了没有？"

他们说:"倒是没有骂你。"

许三观说:"那我就不管这么多了。"

这一天过了中午以后,一乐还没有回来,许玉兰心里着急了,她对许三观说:

"看到过一乐的人,都说一乐向西走了,没有一个人说他向别处走。向西走,他会走到哪里去?他已经走到乡下了,他要是再向西走,他就会忘了回家的路,他才只有十一岁。许三观,你快去把他找回来。"

许三观说:"我不去。一乐这小崽子,我供他吃,供他穿,还供他念书,我对他有多好,可他这么对我,竟然背着我去找什么亲爹。那个王八蛋何小勇,对他又是骂又是打,还把他从家门口拖到巷子口,可他还要去认亲爹。我想明白了,不是自己亲生的儿子,是怎么养也养不亲。"

许玉兰就自己出门去找一乐,她对许三观说:

"你不是一乐的亲爹,我可是他的亲妈,我要去把他找回来。"

许玉兰一走就是半天,到了黄昏的时候,她回来了。她一进门就问许三观:

"一乐回来了没有?"

许三观说:"没有,我一直在这里躺着,我的眼睛也一直看着这扇门,我只看见二乐和三乐进来出去,没看到一乐回来。"

许玉兰听后,眼泪掉了出来,她对许三观说:

"我一路往西走，一路问别人，他们都说看到一乐走过去了。我出了城，再问别人，就没有人看到过一乐了。我在城外走了一阵，就看不到别人了，没有一个人可以打听，我都不知道该往哪里走。"

说着许玉兰一转身，又出门去找一乐了。许玉兰这次走后，许三观在家里坐不住了，他站到了门外，看着天色黑下来，心想一乐这时候还不回家，就怕是出事了。这么一想，许三观心里也急上了。看着黑夜越来越浓，许三观就对二乐和三乐说：

"你们就在家里呆着，谁也不准出去，一乐回来了，你们就告诉他，我和他妈都去找他了。"

许三观说完就把门关上，然后向西走去，走了没有几步路，他听到旁边有人在哭泣，低头一看，看到了一乐，一乐坐在邻居家凹进去的门旁，脖子一抽一抽地看着许三观，许三观急忙蹲下去：

"一乐，你是不是一乐？"

许三观看清了这孩子是一乐以后，就骂了起来：

"他妈的，你把你妈急了个半死，把我吓了个半死，你倒好，就坐在邻居家的门口。"

一乐说："爹，我饿了，我饿得一点力气都没有了。"

许三观说："活该，你饿死都是活该，谁让你走的？还说什么不回来了……"

一乐抬起手擦起了眼泪，他边擦边说：

"本来我是不想回来了，你不把我当亲儿子，我去找何小勇，何小勇也不把我当亲儿子，我就不想回来了……"

许三观打断他的话，许三观说：

"你怎么又回来了？你现在就走，现在走还来得及，你要是永远不回来了，我才高兴。"

一乐听了这话，哭得更伤心了，他说：

"我饿了，我困了，我想吃东西，我想睡觉，我想你就是再不把我当亲儿子，你也比何小勇疼我，我就回来了。"

一乐说着伸手扶着墙站起来，又扶着墙要往西走，许三观说：

"你给我站住，你这小崽子还真要走？"

一乐站住了脚，歪着肩膀低着头，哭得身体一抖一抖的。许三观在他身前蹲下来，对他说：

"爬到我背上来。"

一乐爬到了许三观的背上，许三观背着他往东走去，先是走过了自己的家门，然后走进了一条巷子，走完了巷子，就走到了大街上，也就是走在那条穿过小城的河流旁。许三观嘴里不停地骂着一乐：

"你这个小崽子，小王八蛋，小混蛋，我总有一天要被你活活气死。你他妈的想走就走，还见了人就说，全城的人都以为我欺负你了，都以为我这个后爹天天揍你，天天骂你。我养了你十一年，到头来我才是个后爹，那个王八蛋何小勇一分钱都没出，反倒是你的亲爹。谁倒霉也不如我倒霉，下辈子我死也不做你的爹了，下辈子你做我的后爹吧。你等着吧，到了下辈子，我要把你折腾得死去活来……"

一乐看到了胜利饭店明亮的灯光，他小心翼翼地问许三观：

"爹，你是不是要带我去吃面条？"

许三观不再骂一乐了，他突然温和地说道：

"是的。"

第二十三章

两年以后的某一天,何小勇走在街上时,被一辆从上海来的卡车撞到了一户人家的门上,把那扇关着的门都撞开了,然后何小勇就躺在了这户人家的地上。

何小勇被卡车撞倒的消息传到许三观那里,许三观高兴了一天。在夏天的这个傍晚,许三观光着膀子,穿着短裤从邻居的家中进进出出,他见了人就说:

"这叫恶有恶报,善有善报。做了坏事不肯承认,以为别人就不知道了,老天爷的眼睛可是看得清清楚楚。老天爷要想罚你了,别说是被车撞,就是好端端地走在屋檐下,瓦片都会飞下来砸你的脑袋,就是好端端地走在桥上,桥也会塌到河里去。你们再来看看我,身强力壮,脸色红润,虽然日子过得穷过得苦,可我身体好。身体就是本钱,这可是老天爷奖我的……"

说着许三观还使了使劲,让邻居们看看他胳膊上的肌肉和腿上的肌肉。然后又说,"说起来我做了十三年的乌龟,可你们看看一乐,对我有多亲,比二乐、三乐还亲,平日里有什么好吃的,总要问我:爹,你吃不吃。二乐和三乐这两个小崽子有好吃的,从来不问我。一乐对我好,为什么?也是老天爷奖我的……"

许三观最后总结道:"所以,做人要多行善事,不行恶事。做了恶事的话,若不马上改正过来,就要像何小勇一样,遭老天爷的罚。老天爷罚起人来可是一点都不留情面,都是把人往死里罚。那个何小勇躺在医院里面,还不知道死活呢。

"经常做善事的人,就像我一样,老天爷时时惦记着要奖励我些什么,别的就不说了,就说我卖血,你们也都知道我许三观卖血的事,这城里的人都觉得卖血是丢脸的事,其实在我爷爷他们村里,谁卖血,他们就说谁身体好。你们看我,卖了血身体弱了吗?没有。为什么?老天爷奖我的,我就是天天卖血,我也死不了。我身上的血,就是一棵摇钱树,这棵摇钱树,就是老天爷给我的。"

许玉兰听到何小勇被车撞了以后,没有像许三观那样高兴,她像是什么都没有发生一样,该去炸油条了,她就去炸油条;该回家做饭了,她就回家做饭;该给许三观,给一乐、二乐、三乐洗衣服了,她就端着木盆到河边去。她知道何小勇倒霉了,只是睁圆了眼睛,半张着嘴,吃惊了一些时候,连笑都没有笑一下。许三观对她很不满意,她就说:

"何小勇被车撞了,我们得到什么了?如果他被车撞了,我们家里掉进来一块金子,我们高兴还有个道理。家里什么都没多出来,有什么好高兴的?"

许玉兰看着许三观光着膀子,笑呵呵地在邻居家进进出出,嘴边挂着恶有恶报善有善报那些话,倒是心里不满意,她对许三观说:

"你想说几句,就说他几句,别一说上就没完没了,昨天说了,今天又说,今天说了,明天还说。何小勇再坏,再没有良心,也是一个躺在医院里不死不活的人了,你还整天这么去说他,小心老天爷要罚你了。"

许玉兰最后那句话,让许三观吸了口冷气,他心想这也是,他整天这么幸灾乐祸的,老天爷说不定还真会罚他。于是许三观收敛起来,从这一天起就不再往邻居家进进出出了。

何小勇在医院里躺了七天,前面三天都是昏迷不醒,第四天眼睛睁开来看了看,随后又闭上,接着又是三天的昏迷。

他被卡车撞断了右腿和左胳膊,医生说骨折倒是问题不大,问题是他的内出血一下子没有办法止住,何小勇的血压在水银柱子里上上下下。每天上午输了血以后,血压就上去,到了晚上出血一多,血压又下来了。

何小勇的几个朋友互相间说:"何小勇的血压每天都在爬楼梯,早晨上去,晚上下来。爬那么三天、四天的还行,天天这样爬上爬下的,就怕是有一天爬不动了。"

他们对何小勇的女人说:"我们看医生也不会有什么好办法了,他们每天在何小勇的病床前一站就是一两个小时,讨论这个,讨论那个。讨论完了,何小勇还是鼻子里插一根氧气管,手臂上吊着输液瓶。今天用的药,七天前就在用了,也没看到医生给什么新药。"

他们最后说:"你还是去找找城西的陈先生吧……"

城西的陈先生是一个老中医,也是一个占卦算命的先生,陈先生对何小勇的女人说:

"我已经给你开了处方,我用的都是最重的药,这些药再重也只能治身体,治不了何小勇的魂,他的魂要飞走,是什么药都拉不住的。人的魂要飞,先是从自己家的烟囱里出去。你呵,就让你的儿子上屋顶去,屁股坐在烟囱上,对着西天喊:'爹,你别走;爹,你回来。'不用喊别的,就喊这两句,连着喊上半个时辰,何小勇的魂听到了儿子的喊叫,飞走了也会飞回来;还没有飞走的话,它就不会飞了,就会留下来。"

何小勇的女人说:"何小勇没有儿子,只有两个女儿。"

陈先生说:"女儿是别人家的,嫁出去的女儿就是泼出去的水,女儿上了屋顶喊得再响,传得再远,做爹的魂也听不到。"

何小勇的女人说:"何小勇没有儿子,我没有给何小勇生儿子,我只给他生了两个女儿,不知道是我前世造孽了,还是何小勇前世造孽了，我们没有儿子，何小勇没有儿子，他的命是不是就保不住了？"

何小勇的朋友们说："谁说何小勇没有儿子？许三观家的一乐是谁的儿子？"

于是，何小勇的女人就来到了许三观家里，这个很瘦的女人见了许玉兰就是哭。先是站在门口，拿着块手绢擦着通红的眼睛，随后坐在了门槛上，呜呜哭出了声音。

当时，许玉兰一个人在家里，她看到何小勇的女人来到门口，心想她来干什么？过了一会看到这个瘦女人在门槛上坐下了，还哭出了声音，许玉兰就说话了，她说：

"是谁家的女人？这么没脸没皮，不在自己家哭，坐到人家门槛上来哭，哭得就跟母猫叫春似的。"

听了这话，何小勇的女人不哭了，她对许玉兰说：

"我命苦啊，我男人何小勇好端端地走在街上，不招谁也不惹谁，还是让车给撞了，在医院里躺了七天，就昏迷了七天，医院里的医生是没办法救他了，他们说只有城西的陈先生能救他，城西的陈先生说只有一乐能救他，我只好来求你了……"

许玉兰接过她的话说："我的命真好啊，我男人许三观这辈子没有进过医院，都四十来岁的人了，还不知道躺在病床上是什么滋味。力气那个大啊，一百斤的米扛起来就走，从米店到我们家有两里路，中间都没有歇一下……"

何小勇的女人呜呜地又哭上了,她边哭边说:

"我命苦啊,何小勇躺在医院里面都快要死了,医生救不了他,城西的陈先生也救不了他,只有一乐能救他,一乐要是上了我家屋顶去喊魂,还能把何小勇的魂给喊回来,一乐要是不去喊魂,何小勇就死定了,我就要做寡妇了……"

许玉兰说:"我的命好,他们都说许三观是长寿的相,说许三观天庭饱满,我家许三观手掌上的那条生命线又长又粗,就是活到八九十岁,阎王爷想叫他去,还叫不动呢。我的命也长,不过再长也没有许三观长,我是怎么都会死在他前面的,他给我送终。做女人最怕什么?还不是怕做寡妇,做了寡妇以后,那日子怎么过?家里挣的钱少了不说,孩子们没了爹,欺负他们的人就多,还有下雨天打雷的时候,心里害怕都找不到一个肩膀可以靠上去……"

何小勇的女人越哭越伤心,她对许玉兰说:

"我命苦啊,求你开开恩,让一乐去把何小勇的魂喊回来,求你看在一乐的分上,怎么说何小勇也是一乐的亲爹……"

许玉兰笑嘻嘻地说:"这话你要是早说,我就让一乐跟你走了,现在你才说何小勇是一乐的亲爹,已经晚了,我男人许三观不会答应的。想当初,我到你们家里去,你骂我,何小勇还打我,那时候你们两口子可神气呢,没想到你们会有今天,许三观说得对,你们家是恶有恶报,我们家是善有善报。你看看我们家的日子,越过越好,你再看看我身上的衬衣,这可是绵绸的衬衣,一个月以前才做的……"

何小勇的女人说：

"我们是恶有恶报，当初为了几个钱，我们不肯认一乐，是我们错。何小勇造了孽，我跟着他也受了不少罪，这些都不说了，求你看在我的可怜上，让一乐去救救何小勇。我也恨他，可怎么说他也是我的男人。我的眼睛都哭肿了，都哭疼了。何小勇要是死了，我以后怎么办啊？"

许玉兰说："以后怎么办？以后你就做寡妇了。"

许玉兰对许三观说："何小勇的女人来过了，两只眼睛哭得和电灯泡一样了……"

许三观问："她来干什么？"

许玉兰说："她本来人就瘦，何小勇一出事，就更瘦了，真像是一根竹竿，都可以架起来晾衣服了……"

许三观问："她来干什么？"

许玉兰说："她的头发有好几天没有梳理了，衣服上的纽扣也掉了两个，两只鞋是一只干净，一只全是泥，不知道她在哪个泥坑里踩过……"

许三观说："我在问你，她来干什么？"

"是这样的，"许玉兰说，"何小勇躺在医院里快死了，医院救不了何小勇了，她就去找城西的陈先生，陈先生也救不了何小勇，陈先生说只有一乐能救何小勇，让一乐爬到他们家的屋顶上去喊魂,去把何小勇的魂喊回来,所以她就来找一乐了。"

许三观说:"她自己为什么不爬到屋顶上去喊?她的两个女儿为什么不爬到屋顶上去喊?"

"是这样的,"许玉兰说,"她去喊,何小勇的魂听不到;她的两个女儿去喊,何小勇的魂也听不到;一定要亲生儿子去喊,何小勇的魂才会听到,这是陈先生说的,所以她就来找一乐了。"

"她是来做梦。"许三观说,"她是做梦想吃屁,当初我许三观大人大量,把养了九年的一个儿子白白还给何小勇,他们不要。我又养了四年,他们现在来要了,现在我不给了。何小勇活该要死,这种人活在世上有害无益,就让他死掉算了。他妈的,还想让一乐去喊他的魂,就是喊回来了,也是个王八蛋的魂……"

许玉兰说:"我看着何小勇的女人也真是可怜,做女人最怕的也就是遇上这事,家里死了男人,日子怎么过?想想自己要是遇上了这种事,还不……"

"放屁。"许三观说,"我身体好着呢,力气都使不完,全身都是肌肉,一走路,身上的肌肉就蹦蹦跳跳的……"

许玉兰说:"我不是这个意思,我是说有时候替别人想想,就觉得心里也不好受。何小勇的女人都哭着求上门来了,再不帮人家,心里说不过去。他们以前怎么对我们的,我们就不要去想了,怎么说人家的一条命在我们手里,总不能把人家的命捏死吧?"

许三观说:"何小勇的命就该捏死,这叫为民除害,那个开卡车的司机真是做了一件大好事……"

许玉兰说:"你常说善有善报,你做了好事,别人都看在眼里,这次你要是让一乐去把何小勇的魂喊回来,他们都会说许三观是好人,都会说何小勇这么对不起许三观,许三观还去救了何小勇的命……"

许三观说:"他们会说我许三观是个笨蛋,是个傻子,是个二百五,是他妈的老乌龟;他们会说我许三观乌龟越做越甜了,越做越香了……"

许玉兰说:"怎么说何小勇也是一乐的亲爹……"

许三观伸手指着许玉兰的脸说:"你要是再说一遍何小勇是一乐的亲爹,我就打烂你的嘴。"

接着他问许玉兰:"我是一乐的什么人?我辛辛苦苦养了一乐十三年,我是一乐的什么人?"

最后他说:"我告诉你,你想让一乐去把那个王八蛋的魂喊回来,先从我尸体上踩过去。只要我还活着,何小勇的魂就别想回来。"

许三观把一乐叫到面前,对他说:

"一乐,你已经十三岁了,我像你这么大的时候,我爹已经死了,我妈跟着一个男人跑了,我一个人在城里活不下去,我就走了一天的路,到乡下去找我爷爷。其实路不远,走上半天就够了,我中间迷路了,要不是遇上我四叔,我不知道会走到什么地方。我四叔不认识我,他看到天都快黑了,我又是一个小孩,他就问我到什么地方去?我说我爹死了,我妈跟别人走了,我要去找我爷爷。我四叔知道我就是他哥哥的儿子时,蹲下来摸着我的头发就哭了,那时我已经走不动了,我四叔就背着我回家……

"一乐,我为什么和我四叔感情深?就是因为四叔把我背回到爷爷家里的,做人要有良心。我四叔死了有好几年了,我现在想到四叔的时候,眼泪又要下来了。做人要有良心,我养了你十三年,这十三年里面,我打过你,骂过你,你不要记在心里,我都是为了你好。这十三年里面,我不知道为你操了多少心,就不说这些了,你也知道我不是你的亲爹,你的亲爹现在躺在医院里,你的亲爹快要死了,医生救不了他,城西的陈先生,就是那个算命的陈先生,也是个中医,陈先生说只有你能救何小勇,何小勇的魂已经从胸口飞出去了,陈先生说你要是爬到何小勇家的屋顶上,就能把何小勇的魂喊回来……

"一乐,何小勇以前对不起我们,这是以前的事了,我们就不要再记在心里了,现在何小勇性命难保,救命要紧。怎么说何小勇也是个人,只要是人的命都要去救,再说他也是你的亲爹,你就看在他是你亲爹的分上,爬到他家的屋顶上去喊几声吧……

"一乐,何小勇现在认你这个亲儿子了,他就是不认你这个亲儿子,我也做不了你的亲爹……

"一乐,你记住我今天说的话,做人要有良心,我也不要你以后报答我什么,只要你以后对我,就像我对我四叔一样,我就心满意足了。等到我老了,死了,你想起我养过你,心里难受一下,掉几颗眼泪出来,我就很高兴了……

"一乐,你跟着你妈走吧。一乐,听我的话,去把何小勇飞走的魂喊回来。一乐,你快走。"

第二十四章

这一天,很多人听说许三观家的一乐,要爬到何小勇家的屋顶上,还要坐在烟囱上,去把何小勇的魂喊回来。于是,很多人来到了何小勇的家门前,他们站在那里,看着许玉兰带着一乐走过来,又看着何小勇的女人迎上去说了很多话,然后这个很瘦的女人拉着一乐的手,走到了已经架在那里的梯子前。

何小勇的一个朋友这时站在屋顶上,另一个朋友在下面扶着梯子,一乐沿着梯子爬到了屋顶,屋顶上的那个人拉住他的手,斜着走到烟囱旁,让一乐坐在烟囱上,一乐坐上去以后两只手放在了腿上,他看着把他拉过来的那个人走到梯子那里,那人用手撑住屋顶上的瓦片,两只脚摸索着踩到了梯子上,然后就像是被河水淹没似的,那人沉了下去。

一乐坐在屋顶的烟囱上,看到另外的屋顶在阳光里发出了湿漉漉的亮光。有一只燕子尖利地叫着飞过来,盘旋了几圈又飞走了,然后很多小燕子发出了纤细的叫声,叫声就在一乐前面的屋檐里。一乐又去看远处起伏的山群,山群因为遥远,看上去就像是云朵一样虚幻,灰蒙蒙如同影子似的。

站在屋顶下面的人都仰着头,等待着一乐喊叫何小勇的魂,他们的头抬着,所以他们都半张着嘴,他们等待了很久,什么声音都没有听到,于是他们的头一个一个低了下去,放回到正常的位置上,他们开始议论纷纷,一乐坐在屋顶上,听到他们的声音像麻雀一样叽叽喳喳。

何小勇的女人这时对一乐喊叫道:

"一乐,你快哭,你要哭,这是陈先生说的,你一哭,你爹的魂就会听到了。"

一乐低头看了看下面的人,看到他们对他指指点点的,他就扭开头去,他发现只有自己一个人在屋顶上,四周的屋顶上没有别人,所有的屋顶上都长满了青草,在风里摇晃着。

何小勇的女人又叫道:

"一乐,你快哭,你为什么不哭?一乐,你快哭。"

一乐还是没有哭,倒是何小勇的女人自己哭了起来,她哭着说:

"这孩子怎么不哭?刚才对他说得好好的,他怎么不哭?"

然后她又对一乐喊叫:

"一乐,你快哭,我求你快哭。"

一乐问:"为什么要我哭?"

何小勇的女人说:"你爹躺在医院里,你爹快死了,你爹的魂已经从胸口飞出去了,飞一截就远一截,你快哭,你再不哭,你爹的魂就飞远了,就听不到你喊他了,你快哭……"

一乐说:"我爹没有躺在医院里,我爹正在丝厂里上班,我爹不会死的,我爹正在丝厂里推着小车送蚕茧,我爹的魂在胸口里藏得好好的,谁说我爹的魂飞走了?"

何小勇的女人说:"丝厂里的许三观不是你爹,医院里躺着的何小勇才是你爹……"

一乐说:"你胡说。"

何小勇的女人说:"我说的是真话,许三观不是你亲爹,何小勇才是你亲爹……"

一乐说:"你胡说。"

何小勇的女人转过身去对许玉兰说:

"我只好求你了,你是他妈,你去对他说说,你去让他哭,让他把何小勇的魂喊回来。"

许玉兰站在那里没有动,她对何小勇的女人说:

"那么多人看着我,你要我去说些什么?我已经丢人现眼了,他们都在心里笑话我呢,我能说什么呢?我不去说。"

何小勇的女人身体往下一沉,扑通一下跪在了许玉兰面前,她对许玉兰说:

173

"我跪在你面前了，我比你更丢人现眼了，他们在心里笑，也是先笑我。我跪在这里求你了，求你去对一乐说……"

何小勇的女人说得眼泪汪汪，许玉兰就对她说：

"你快站起来，你跪在我面前，丢人现眼的还是我，不是你，你快站起来，我去说就是了。"

许玉兰上前走了几步，她抬起头来，对屋顶上的一乐叫道：

"一乐，一乐你把头转过来，是我在叫你，你就哭几声，喊几声，去把何小勇的魂喊回来，喊回来了我就带你回家，你快喊吧……"

一乐说："妈，我不哭，我不喊。"

许玉兰说："一乐，你快哭，你快喊。到这里来的人越来越多了，我的脸都丢尽了，要是人再多，我都没地方躲了。你快喊吧，怎么说何小勇也是你的亲爹……"

一乐说："妈，你怎么能说何小勇是我的亲爹？你说这样的话，你就是不要脸了……"

"我前世造孽啊！"

许玉兰喊叫了一声，然后回过身来对何小勇的女人说：

"连儿子都说我不要脸，全是你家的何小勇害的，他要死就让他死吧，我是不管了，我自己都顾不上了……"

许玉兰不管这事了，何小勇的朋友就对何小勇的女人说：

"还是去把许三观叫来，许三观来了，一乐或许会哭几声，会喊几声……"

当时，许三观正在丝厂里推着蚕茧车，何小勇的两个朋友跑来告诉他：

"一乐不肯哭，不肯喊，坐在屋顶上说何小勇不是他亲爹，说你才是他亲爹。许玉兰去让他哭，让他喊，他说许玉兰不要脸。许三观，你快去看看，救命要紧……"

许三观听了这话，放下蚕茧车就说：

"好儿子啊。"

然后许三观来到了何小勇屋前，他仰着头对一乐说：

"好儿子啊，一乐，你真是我的好儿子，我养了你十三年，没有白养你，有你今天这些话，我再养你十三年也高兴……"

一乐看到许三观来了，就对他说：

"爹，我在屋顶上呆够了，你快来接我下去，我一个人不敢下去。爹，你快上来接我。"

许三观说："一乐，我现在还不能上来接你，你还没有哭，还没有喊，何小勇的魂还没有回来……"

一乐说："爹，我不哭，我不喊，我要下去。"

许三观说："一乐，你听我的话，你就哭几声，喊几声。这是我答应人家的事，我答应人家了，就要做到。君子一言，驷马难追。再说那个王八蛋何小勇也真是你的亲爹……"

一乐在屋顶上哭了起来，他对许三观说：

"他们都说你不是我的亲爹，妈也说你不是我的亲爹，现在你

175

又这么说。我没有亲爹，我也没有亲妈，我什么亲人都没有，我就一个人。你不上来接我，我就自己下来了。"

一乐站起来走了两步，屋顶斜着下去，他又害怕了，就一屁股坐在了瓦片上，响亮地哭了起来。

何小勇的女人对一乐喊叫：

"一乐，你总算哭了；一乐，你快喊……"

"你闭嘴。"许三观对何小勇的女人吼道。

他说："一乐不是为你那个王八蛋何小勇哭，一乐是为我哭。"

然后许三观抬起头来，对一乐说：

"一乐，好儿子，你就喊几声吧。你喊了以后，我就上来接你，我接你到胜利饭店去吃炒猪肝……"

一乐哭着说："爹，你快上来接我。"

许三观说："一乐，你就喊几声吧，你喊了以后，我就是你的亲爹了。一乐，你就喊几声吧，你喊了以后，何小勇那个王八蛋就再不会是你亲爹了。从今往后，我就是你的亲爹了……"

一乐听到许三观这样说，就对着天空喊道：

"爹，你别走。爹，你回来。"

喊完他对许三观说："爹，你快上来接我。"

何小勇的女人说："一乐，你再喊几声。"

一乐去看许三观，许三观说："一乐，你就再喊两声吧。"

一乐就喊："爹，你别走，你回来。爹，你别走，你回来。"

一乐对许三观说:"爹,你快上来接我。"

何小勇的女人说:"一乐,你还要喊,陈先生说要喊半个时辰。一乐,你快喊。"

"够啦。"许三观对何小勇的女人说,"什么陈先生,也是个王八蛋。一乐就喊这几声了,何小勇要死就死,要活就活……"

然后他对一乐说:"一乐,你等着,我上来接你。"

许三观沿着梯子爬到了屋顶,他让一乐伏在自己的背上,背着一乐从梯子上爬了下去。

站到地上以后,许三观把一乐放下来,对一乐说:

"一乐,你站在这里,你别动。"

说着许三观走进了何小勇的家,接着他拿着一把菜刀走出来,站在何小勇家门口,用菜刀在自己脸上划了一道口子,又伸手摸了一把流出来的鲜血,他对所有的人说:

"你们都看到了吧,这脸上的血是用刀划出来的,从今往后,你们……"

他又指指何小勇的女人,"还有你,你们中间有谁敢再说一乐不是我亲生儿子,我就和谁动刀子。"

说完他把菜刀一扔,拉起一乐的手说:

"一乐,我们回家去。"

第二十五章

这一年夏天的时候,许三观从街上回到家里,对许玉兰说:

"我这一路走过来,没看到几户人家屋里有人,全到街上去了。我这辈子没见过街上有这么多人,胳膊上都套着个红袖章,游行的、刷标语的、贴大字报的,大街的墙上全是大字报,一张一张往上贴,越贴越厚,那些墙壁都像是穿上棉袄了。我还见到了县长,那个大胖子山东人,从前可是城里最神气的人,我从前见到他时,他手里都端着一个茶杯,如今他手里提着个破脸盆,边敲边骂自己,骂自己的头是狗头,骂自己的腿是狗腿……"

许三观说:"你知道吗?为什么工厂停工了、商店关门了、学校不上课、你也用不着去炸油条了?为什么有人被吊在了树上、有人被关进了牛棚、有人被活活打死?你知道吗?为什么毛主席一说话,就有人把他的话编成了歌,就有人把他的话刷到了墙上、刷到了地上、刷到了汽车上和轮船上、床单上和枕巾上、杯子上和锅上，连厕所的墙上和痰盂上都有？毛主席的名字为什么会这么长？你听着：伟大的领袖伟大的导师伟大的统帅伟大的舵手毛主席万岁万岁万万岁。一共有三十个字，这些都要一口气念下来，中间不能换气。你知道这是为什么？因为文化大革命来啦……"

许三观说："文化大革命闹到今天，我有点明白过来了，什么叫文化革命？其实就是一个报私仇的时候，以前谁要是得罪了你，你就写一张大字报，贴到街上去，说他是漏网地主也好，说他是反革命也好，怎么说都行。这年月法院没有了，警察也没有了，这年月最多的就是罪名，随便拿一个过来，写到大字报上，再贴出去，就用不着你自己动手了，别人会把他往死里整……这些日子，我躺在床上左思右想，是不是也找个仇人出来，写他一张大字报，报一下旧仇。我想来想去，竟然想不出一个仇人来，只有何小勇能算半个仇人，可那个王八蛋何小勇四年前就让卡车给撞死了。我许三观为人善良，几十年如一日，没有一个仇人，这也好，我没有仇人，就不会有人来贴我的大字报。"

许三观话音未落，三乐推门进来，对他们说：

"有人在米店墙上贴了一张大字报，说妈是破鞋……"

许三观和许玉兰吓了一跳，立刻跑到米店那里，往墙上的大字报一看，三乐没有说错，在很多大字报里，有一张就是写许玉兰的，说许玉兰是破鞋，是烂货，说许玉兰十五岁就做了妓女，出两元钱就可以和她睡觉,说许玉兰睡过的男人十辆卡车都装不下。

许玉兰伸手指着那张大字报,破口大骂起来:

"你妈才是破鞋,你妈才是烂货,你妈才是妓女,你妈睡过的男人,别说是十辆卡车,就是地球都装不下。"

然后,许玉兰转过身来,对着许三观哭了起来,她哭着说:

"只有断子绝孙的人,只有头上长疮、脚底流脓的人,才会这么血口喷人……"

许三观对身旁的人说:"这全是诬蔑,这上面说许玉兰十五岁就做了妓女,胡说!别人不知道,我还会不知道吗?我们结婚的那个晚上,许玉兰流出来的血有这么多……"

许三观用手比划着继续说:"要是许玉兰十五岁就做了妓女,新婚第一夜会见红吗?"

"不会。"许三观看到别人没有说话,他就自己回答。

到了中午,许三观把一乐、二乐、三乐叫到面前,对他们说:

"一乐,你已经十六岁了;二乐,你也有十五岁了。你们到大街上去抄写一张大字报,随便你们抄谁的,抄完了就贴到写你妈的那张大字报上去。三乐,你胸口那一摊鼻涕是越来越大了,你这小崽子不会干别的,总还会帮着提一桶糨糊吧?记住了,这年月大字报不能撕,谁撕了大字报谁就是反革命,所以你们千万别去撕,你们抄一张新的大字报,贴上去盖住那张就行了。这事我出面去办不好,别人都盯着我呢,你们去就不会有人注意,你们三兄弟天黑以前去把这事办了。"

到了晚上,许三观对许玉兰说:

"你的三个儿子把那张大字报盖住了,现在你可以放心了,不会有多少人看过,大街上有那么多的大字报,看得过来吗?还不断往上贴新的,一张还没有看完,新的一张就贴上去了。"

没过两天,一群戴着红袖章的人来到许三观家,把许玉兰带走了。他们要在城里最大的广场上开一个万人批斗大会,他们已经找到了地主,找到了富农,找到了右派,找到了反革命,找到了走资本主义道路的当权派,什么样的人都找到了,就是差一个妓女,他们说为了找一个妓女,已经费了三天的时间,现在离批斗大会召开只有半个小时,他们终于找到了,他们说:

"许玉兰,快跟着我们走,救急如救火。"

许玉兰被他们带走后,到了下午才回来。回来时左边的头发没有了,右边的头发倒是一根没少。他们给她剃了一个阴阳头,从脑袋中间分开来,剃得很整齐,就像收割了一半的稻田。

许三观看到许玉兰后,失声惊叫。许玉兰走到窗前,拿起窗台上的镜子,她在镜子里看到自己后,哇哇地哭了起来,她边哭边说:

"我都成这副样子了,我以后怎么见人?我以后怎么活?我这一路走回家,他们看到我都指指点点,他们都张着嘴笑。许三观,我还不知道自己这么丑了，我知道自己一半的头发没有了，可我不知道自己会这么丑，我照了镜子才知道。许三观，我以后怎么办？许三观，他们是在批斗会上给我剃的头发，那时候我就听到下面的人在笑，我看到自己的头发掉到脚上，我就知道他们在剃我的头发，我伸手去摸，他们就打我的嘴，打得我牙齿都疼了，我就不敢再去摸了。许三观，我以后怎么活啊？我还不如死掉。我和他们无冤无仇，我和他们都不认识，他们为什么要剃我的头发？他们为什么不让我死掉？许三观，你为什么不说话？"

"我能说些什么呢？"许三观说。

然后他叹息一声："事到如今还有什么办法？你都是阴阳头了，这年月被剃了阴阳头的女人，不是破鞋，就是妓女。你成了这副样子，你就什么话都说不清了，没人会相信你的话，你就是跳进黄河也洗不清。以后你就别出门了，你就把自己关在家里。"

许三观把许玉兰另一半的头发也剃掉，然后把许玉兰关在家里。许玉兰也愿意把自己关在家里，可是胳膊上戴红袖章的人不愿意，他们隔上几天就要把许玉兰带走。许玉兰经常被拉出去批斗，城里大大小小的批斗会上，几乎都有许玉兰站在那里，差不多每次都只是陪斗，所以许玉兰对许三观说：

"他们不是批斗我，他们是批斗别人，我只是站在一边陪着别人被他们批斗。"

许三观对儿子们说：

"其实你们妈不是他们要批斗的,你们妈是去陪着那些走资派,那些右派、反革命、地主,你们妈站在那里也就是装装样子。你们妈是陪斗。什么叫陪斗?陪斗就是味精,什么菜都能放,什么菜放了味精以后都吃起来可口。"

后来,他们让许玉兰搬着一把凳子,到街上最热闹的地方去站着。许玉兰就站在了凳子上,胸前还挂着一块木板,木板是他们做的,上面写着"妓女许玉兰"。

他们把许玉兰带到那里,看着许玉兰把木板挂到胸前,站到凳子上以后,他们就走开了,然后又把许玉兰忘掉了。许玉兰在那里一站就是一天,左等右等不见他们回来,一直到天黑了,街上的人也少了,许玉兰心想他们是不是把她忘掉了?然后,许玉兰才搬着凳子,提着木板回到家里。

许玉兰在街上常常一站就是一天,站累了就自己下来在凳子上坐一会,用手捶捶自己的两条腿,揉揉自己的两只脚,休息得差不多了,再站到凳子上去。

许玉兰经常站着的地方,离厕所很远,有时候许玉兰要上厕所了,就胸前挂着那块木板走过两条街道,到米店旁边的厕所去。街上的人都看着她双手扶着胸前的木板,贴着墙壁低着头走过去,走到厕所门前,她就把那块木板取下来,放在外面,上完厕所她重新将木板挂到胸前,走回到站着的地方。

许玉兰站在凳子上,就和站在批斗会的台上一样,都要低着头,低着头才是一副认罪的模样。许玉兰在凳子上低着头,看着自己的脚。眼睛盯着一个地方看久了,就会酸疼,有时候她就会看看街上走来走去的人,她看到谁也没有注意她,虽然很多人走过时看了她一眼,可是很少有人会看她两眼,许玉兰心里觉得踏实了很多,她对许三观说:

"我站在街上,其实和一根电线杆立在那里一样……"

她说:"许三观,我现在什么都不怕了,我什么罪都受过了,我都成这样子了,再往下也没什么了,再往下就是死了,死就死吧,我一点都不怕。有时候就是想想你,想想三个儿子,心里才会怕起来,要是没有你们,我真是什么都不怕了。"

说到三个儿子,许玉兰掉出了眼泪,她说:

"一乐和二乐不理我,他们不和我说话,我叫他们,他们装着没有听到,只有三乐还和我说话,还叫我一声妈。我在外面受这么多罪,回到家里只有你对我好,我脚站肿了,你倒热水给我烫脚;我回来晚了,你怕饭菜凉了,就焐在被窝里;我站在街上,送饭送水的也是你。许三观,你只要对我好,我就什么都不怕了……"

许玉兰在街上一站,常常是一天,许三观就要给她送饭送水,许三观先是要一乐去送,一乐不愿意,一乐说:

"爹,你让二乐去送。"

许三观就把二乐叫过来,对他说:

"二乐,我们都吃过饭了,可是你妈还没有吃,你把饭送去给你妈吃。"

二乐摇摇头说:"爹,你让三乐去送。"

许三观发火了,他说:"我要一乐去送,一乐推给二乐,二乐又推给三乐,三乐这小崽子放下饭碗就跑得没有了踪影。要吃饭了,要穿衣服了,要花钱了,我就有三个儿子;要给你们妈送饭了,我就一个儿子都没有了。"

二乐对许三观说:"爹,我现在不敢出门,我一出门,认识我的人都叫我两元钱一夜,叫得我头都抬不起来。"

一乐说:"我倒是不怕他们叫我两元钱一夜,他们叫我,我也叫他们两元钱一夜,我叫得比他们还响。我也不怕和他们打架,他们人多我就跑,跑回家拿一把菜刀再出去,我对他们说:'我可是杀人不眨眼的,你们不信的话,可以去问问方铁匠的儿子。'我手里有菜刀,就轮到他们跑了。我是不愿意出门,不愿意上街,不是不敢出门……"

许三观对他们说:"不敢出门的应该是我,我上街就有人向我扔小石子,吐唾沫,还有人要我站住脚,要我在大街上揭发你们妈,这事要是你们遇上了,你们可以说不知道,我可不敢说不知道,我和你们不一样。你们怕什么?你们生在新社会,长在红旗下,你们都清清白白。你们看看三乐,三乐这小崽子还不是天天出去,每天都玩得好好的回来。可是今天这小崽子太过分了,都是下午了,他还没回来……"

三乐回来了，许三观把他叫过来，问他：

"你去哪里了？你吃了早饭就出去了，到现在才回来，你去哪里了？你和谁一起去玩了？"

三乐说："我去的地方太多，我想不起来了。我没和别人玩，我就一个人，我自己和自己玩。"

三乐愿意给许玉兰去送饭，可是许三观对他不放心，许三观只好自己给许玉兰送饭。他把饭放在一只小铝锅里来到大街上，很远就看到许玉兰站在凳子上，低着头，胸前挂着那块木板，头发长出来一些了，从远处看过去像小男孩的头。许玉兰身上的衣服破破烂烂的，她的脊背弯得就像大字报上经常有的问号一样，两只手垂在那里，由于脊背和头一样高了，她的手都垂到膝盖上。许三观看着许玉兰这副模样，走过去时心里一阵一阵地难受，他走到许玉兰面前，对她说：

"我来了。"

许玉兰低着的头转过来看到了许三观，许三观把手里的铝锅抬了抬，说：

"我把饭给你送来了。"

许玉兰就从凳子上下来，然后坐在了凳子上，她把胸前的木板摆好了，接过许三观手里的铝锅，把锅盖揭开放到身边的凳子上，她看到锅里全是米饭，一点菜都没有，她也不说什么，用勺子吃了一口饭，她眼睛看着自己踩在地上的脚，嚼着米饭。许三观就在她身边站着,看着她没有声音地吃饭,看了一会,他抬起头看看大街上走过来和走过去的人。

有几个人看到许玉兰坐在凳子上吃饭,就走过来往许玉兰手上的锅里看了看,问许三观:

"你给她吃些什么?"

许三观赶紧把许玉兰手上的锅拿过来给他们看,对他们说:

"你们看,锅里只有米饭,没有菜;你们看清楚了,我没有给她吃菜。"

他们点点头说:"我们看见了,锅里没有菜。"

有一个人问:"你为什么不给她在锅里放些菜?全是米饭,吃起来又淡又没有味道。"

许三观说:"我不能给她吃好的。"

"我要是给她吃好的,"许三观指着许玉兰说,"我就是包庇她了,我让她只吃米饭不吃菜,也是在批斗她……"

许三观和他们说话的时候,许玉兰一直低着头,饭含在嘴里也不敢嚼了,等他们走开去,走远了,许玉兰才重新咀嚼起来。看到四周没有人了,许三观就轻声对她说:

"我把菜藏在米饭下面,现在没有人,你快吃口菜。"

许玉兰用勺子从米饭上面挖下去,看到下面藏了很多肉,许三观为她做了红烧肉,她就往嘴里放了一块红烧肉,低着头继续咀嚼,许三观轻声说:

"这是我偷偷给你做的。儿子们都不知道。"

许玉兰点点头,她又吃了几口米饭,然后她盖上锅盖,对许三观说:

"我不吃了。"

许三观说:"你才吃了一块肉,你把肉都吃了。"

许玉兰摇摇头说:"给一乐他们吃,你拿回去给一乐他们吃。"

然后许玉兰伸手去捶自己的两条腿,她说:

"我的腿都站麻了。"

看着许玉兰这副样子,许三观眼泪都快出来了,他说:

"有一句老话说得对,叫见多识广,这一年让我长了十岁。人心隔肚皮,知人知面不知心。到了今天还不知道那张大字报是谁写的,你平日里心直口快,得罪了人你都不知道,往后你可要少说话了,古人说言多必失……"

许玉兰听了这话,触景生情,她说:

"我和何小勇就是这么一点事,他们就把我弄成了这样。你和林芬芳也有事,就没有人来批斗你。"

许三观听到许玉兰这么说,吓了一跳,赶紧抬头看看四周,一看没人,他才放心下来,他说:

"这话你不能说,这话你对谁都不能说……"

许玉兰说:"我不会说的。"

许三观说:"你已经在水里了,这世上只有我一个人还想着救你,我要是也被拉到水里,就没人救你了。"

许三观经常在中午的时候,端着那口小铝锅走出家门,熟悉许三观的人都知道他是给许玉兰去送饭,他们说:

"许三观,送饭啦。"

这一天,有一个人拦住了许三观,对他说:

"你是不是叫许三观?你是不是给那个叫许玉兰的送饭去?我问你,你们家里开过批斗会了吗?就是批斗许玉兰。"

许三观将铝锅抱在怀里,点着头,赔着笑脸说:

"城里很多地方都批斗过许玉兰了。"

然后他数着手指对那个人说:"工厂里批斗过,学校里批斗过,大街上也批斗过,就是广场上都批斗过五次……"

那个人说:"家里也要批斗。"

许三观不认识这个人,看到他的胳膊上也没有戴红袖章,他摸不准这个人的来历,可是这个人说出来的话他不敢不听,所以他对许玉兰说:

"别人都盯着我们呢,都开口问我了,在家里也要开你的批斗会,不开不行了。"

那时候许玉兰已经从街上回到了家里,她正把那块写着"妓女许玉兰"的木板取下来,放到门后,又把凳子搬到桌旁,她听到许三观这样对她说,她头都没抬,拿起抹布去擦被踩过的凳子,许玉兰边擦边说：

"那就开吧。"

这天傍晚，许三观把一乐、二乐、三乐叫过来，对他们说："今天，我们家里要开一个批斗会，批斗谁呢？就是批斗许玉兰。从现在开始，你们都叫她许玉兰，别叫她妈，因为这是批斗会，开完了批斗会，你们才可以叫她妈。"

许三观让三个儿子坐成一排，他自己坐在他们面前，许玉兰站在他身边，他给许玉兰也准备了一只凳子。他们四个人都坐着，只有许玉兰站在那里，许玉兰低着头，就像是站在大街上一样。许三观对儿子们说：

"今天批斗许玉兰，许玉兰应该是站着的，考虑到许玉兰在街上站了一天了，她的脚都肿了，腿也站麻了，是不是可以让她坐在凳子上，同意的举起手来。"

许三观说着自己举起了手，三乐也紧跟着举起了手，二乐和一乐互相看了看，也举起手来。许三观就对许玉兰说：

"你可以坐下了。"

许玉兰坐在了凳子上，许三观指着三个儿子说：

"你们三个人都要发言，有话则长，无话则短，谁都要说两句，别人问起来，我就可以说都发言了，我也可以理直气壮。一乐，你先说两句。"

一乐扭过头去看二乐，他说：

"二乐,你先说。"

二乐看看许玉兰,又看看许三观,最后他去看三乐,他说:"让三乐先说。"

三乐半张着嘴,似笑非笑的样子,他对许三观说:

"我不知道说什么。"

许三观看看三乐说:"我想你也说不出个什么来。"

然后他咳嗽了两声:"我先说两句吧。他们说许玉兰是个妓女,说许玉兰天天晚上接客,两元钱一夜,你们想想,是谁天天晚上和许玉兰睡在一张床上?"

许三观说完以后将一乐、二乐、三乐挨个看过来,三个儿子也都看着他,这时三乐说:

"是你,你天天晚上和妈睡在一张床上。"

"对。"许三观说,"就是我,许玉兰晚上接的客就是我,我能算是客吗?"

许三观看到三乐点了点头,又看到二乐也点了点头,只有一乐没有点头,他就指着二乐和三乐说:

"我没让你们点头,我是要你们摇头,你们这两个笨蛋,我能算是客吗?我当年娶许玉兰花了不少钱,我雇了六个人敲锣打鼓,还有四个人抬轿子,摆了三桌酒席,所有的亲戚朋友都来了,我和许玉兰是明媒正娶。所以我不是什么客,所以许玉兰也不是妓女。不过,许玉兰确实犯了生活错误,就是何小勇……"

许三观说着看了看一乐，继续说：

"许玉兰和何小勇的事，你们也都知道，今天要批斗的就是这件事……"

许三观转过脸去看许玉兰：

"许玉兰，你就把这事向三个儿子交待清楚。"

许玉兰低着头坐在那里，她轻声说：

"这事我怎么对儿子说，我怎么说得出口呢？"

许三观说："你不要把他们当成儿子，你要把他们当成批斗你的革命群众。"

许玉兰抬头看看三个儿子，一乐坐在那里低着头，只有二乐和三乐看着她，她又去看许三观，许三观说：

"你就说吧。"

"是我前世造的孽。"许玉兰伸手擦眼泪了，她说，"我今世才得报应，我前世肯定是得罪了何小勇，他今世才来报复我，他死掉了，什么事都没有了，我还要在世上没完没了地受罪……"

许三观说："这些话你就别说了。"

许玉兰点点头，她抬起双手擦了一会眼泪，继续说：

"其实我和何小勇也就是一次，没想到一次就怀上了一乐……"

这时候一乐突然说："你别说我，要说就说你自己。"

许玉兰抬头看了看一乐，一乐脸色铁青地坐在那里，他不看许玉兰，许玉兰眼泪又出来了，她流着眼泪说：

"我知道自己对不起你们,我知道你们都恨我,我让你们都没脸做人了,可这事也不能怪我,是何小勇,是那个何小勇,趁着我爹去上厕所了,把我压在了墙上,我推他,我对他说我已经是许三观的女人了,他还是把我压在墙上,我是使劲地推他,他力气比我大,我推不开他,我想喊叫,他捏住了我的奶子,我就叫不出来了,我人就软了……"

许三观看到二乐和三乐这时候听得眼睛都睁圆了,一乐低着头,两只脚在地上使劲地划来划去,许玉兰还在往下说:

"他就把我拖到床上,解开我的衣服,还脱我的裤子,我那时候一点力气都没有了,他把我一条腿从裤管里拉出来,另一条腿他没管,他又把自己的裤子褪到屁股下面……"

许三观这时叫道:"你别说啦,你没看到二乐和三乐听得眼珠子都要出来了,你这是在放毒,你这是在毒害下一代……"

许玉兰说:"是你让我说的……"

"我没让你说这些。"

许三观说着伸手指着许玉兰,对二乐和三乐吼道:

"这是你们的妈,你们还听得下去?"

二乐使劲摇头,他说:"我什么都没听到,是三乐在听。"

三乐说:"我也什么都没听到。"

"算啦。"许三观说,"许玉兰就交待到这里。现在轮到你们发言了,一乐,你先说。"

一乐这时候抬起头来,他对许三观说:

"我没什么可说的,我现在最恨的就是何小勇,第二恨的就是她……"

一乐伸手指着许玉兰:"我恨何小勇是他当初不认我,我恨她是她让我做人抬不起头来……"

许三观摆摆手,让一乐不要说了,然后他看着二乐:

"二乐,轮到你说了。"

二乐伸手搔着头发,对许玉兰说:

"何小勇把你压在墙上,你为什么不咬他,你推不开他可以咬他,你说你没有力气了,咬他的力气总还有吧……"

"二乐!"

许三观吼叫了一声,把二乐吓得哆嗦了几下,许三观指着二乐的鼻子说:

"你刚才还说什么都没听到,你没听到还说什么?你没听到就什么都别说。三乐,你来说。"

三乐看看二乐,二乐缩着脖子,正惊恐不安地看着许三观。三乐又看看许三观,许三观一脸的怒气,三乐吓得什么都不敢说了,他半张着嘴,嘴唇一动一动的,就是没有声音。许三观就挥挥手说道:

"算啦,你就别说了,我想你这狗嘴里也吐不出象牙来。今天的批斗会就到这里了……"

这时一乐说:"我刚才的话还没有说完……"

许三观很不高兴地看着一乐:"你还有什么要说的?"

一乐说:"我刚才说到我最恨的,我还有最爱的,我最爱的当然是伟大领袖毛主席,第二爱的……"

一乐看着许三观说:"就是你。"

许三观听到一乐这么说,眼睛一动不动地看着一乐,看了一会,他眼泪流出来了,他对许玉兰说:

"谁说一乐不是我的亲生儿子?"

许三观抬起右手去擦眼泪,擦了一会,他又抬起左手,两只手一起擦起了眼泪,然后他温和地看着三个儿子,对他们说:

"我也犯过生活错误,我和林芬芳,就是那个林大胖子……"

许玉兰说:"许三观,你说这些干什么?"

"我要说。"许三观向许玉兰摆摆手,"事情是这样的,那个林芬芳摔断了腿,我就去看她,她的男人不在家,就我和她两个人,我问她哪条腿断了,她说右腿,我就去摸摸她的右腿,问她疼不疼。我先摸小腿,又摸了她的大腿,最后摸到她大腿根……"

"许三观。"

这时许玉兰叫了起来,她说:

"你不能再往下说了,你再说就是在毒害他们了。"

许三观点点头,然后他去看三个儿子,三个儿子这时候都低着头,看着地上,许三观继续说:

"我和林芬芳只有一次,你们妈和何小勇也只有一次。我今天说这些,就是要让你们知道,其实我和你们妈一样,都犯过生活错误。你们不要恨她……"

许三观指指许玉兰:"你们要恨她的话,你们也应该恨我,我和她是一路货色。"

许玉兰摇摇头,对儿子们说:

"他和我不一样,是我伤了他的心,他才去和那个林芬芳……"

许三观摇着头说:"其实都一样。"

许玉兰对许三观说:"你和我不一样,要是没有我和何小勇的事,你就不会去摸林芬芳的腿。"

许三观这时候同意许玉兰的话了,他说:

"这倒是。"

"可是……"他又说,"我和你还是一样的。"

后来,毛主席说话了。毛主席每天都在说话,他说:"要文斗,不要武斗。"于是人们放下了手里的刀,手里的棍子。毛主席接着说:"要复课闹革命。"于是一乐、二乐、三乐背上书包去学校了,学校重新开始上课。毛主席又说:"要抓革命促生产。"于是许三观去丝厂上班,许玉兰每天早晨又去炸油条了,许玉兰的头发也越来越长,终于能够遮住耳朵了。

又过去了一些日子,毛主席来到天安门城楼上,他举起右手向西一挥,对千百万的学生说:

"知识青年到农村去,接受贫下中农的再教育,很有必要。"

于是一乐背上了铺盖卷,带着暖瓶和脸盆走在一支队伍的后面,这支队伍走在一面红旗的后面,走在队伍里的人都和一乐一样年轻,他们唱着歌,高高兴兴地走上了汽车,走上了轮船,向父母的眼泪挥手告别后,他们就去农村插队落户了。

一乐去了农村以后,经常在夕阳西下的时候,一个人坐在山坡上,双手抱住自己的膝盖,发呆地看着田野。与一乐一起来到农村的同学,见到他这么一副样子,就问他:

"许一乐,你在干什么?"

一乐说:"我在想我的爹妈。"

这话传到许三观和许玉兰耳中,许三观和许玉兰都哭了。这时候二乐中学也已经毕业,二乐也背上了铺盖卷,也带着暖瓶和脸盆,也跟在一面红旗的后面,也要去农村插队落户了。

许玉兰就对二乐说:

"二乐,你到了农村,日子苦得过不下去时,你就坐到山坡上,想想你爹,想想我……"

这一天,毛主席坐在书房的沙发上说:"身边只留一个。"于是三乐留在了父母身边,三乐十八岁时,中学毕业进了城里的机械厂。

第二十六章

　　几年以后的一天,一乐从乡下回到城里,他骨瘦如柴,脸色灰黄,手里提着一个破旧的篮子,篮子里放着几棵青菜,这是他带给父母的礼物。他已经有半年没有回家了,所以当他敲开家门时,许三观和许玉兰把他看了一会,然后才确认是儿子回来了。

　　一乐憔悴的模样让他们吃惊,因为在半年前,一乐离家回到乡下时,还不是这样,虽然那时已经又黑又瘦了,可是精神不错,走时还把家里一只能放一百斤大米的缸背在身后,他弯着腰走去时脚步咚咚直响。他在乡下没有米缸,他说把米放在一只纸盒子里,潮湿的气候使盒底都烂了,米放不了多久就会发黄变绿。

　　现在一乐又回来了,许三观对许玉兰说：

　　"一乐会不会是病了?他不是躺着,就是坐着,吃得也很少,他的脊背整天都弯着……"

许玉兰就去摸一乐的额头，一乐没有发烧，许玉兰对许三观说："他没有病，有病的话会发烧的，他是不想回到乡下去，乡下太苦了，就让他在城里多住些日子，让他多休息几天，把身体多养几天，他就会好起来的。"

一乐在城里住了十天，白天的时候他总是坐在窗前，两条胳膊搁在窗台上，头搁在胳膊上，眼睛看着外面的那一条巷子。他经常看着的是巷子的墙壁，墙壁已经有几十年的岁月了，砖缝里都长出了青草，伸向他，在风里摇动着。有时候会有几个邻居的女人，站到一乐的窗下，叽叽喳喳说很多话，听到有趣的地方，一乐就会微微笑起来，他的胳膊也会跟着变换一下位置。

那时三乐已经在机械厂当工人了，他在工厂的集体宿舍里有一张床，五个人住一间屋子，三乐更愿意住在厂里，和年龄相仿的人住在一起，他觉得很快乐。知道一乐回来了，三乐每天吃过晚饭以后，就到家里来坐一会。三乐来的时候，一乐总是躺在床上，三乐就对一乐说：

"一乐，别人是越睡越胖，只有你越睡越瘦了。"

三乐回到家里的时候，一乐看上去才有些生气，他会微笑着和三乐说很多话，有几次两个人还一起出去走了走。三乐离开后，一乐又躺到了床上，或者坐在窗前，一动不动，像是瘫在了那里。

许玉兰看着一乐在家里住了一天又一天，也不说什么时候回到乡下去，就对他说：

"一乐,你什么时候回去?你在家里住了十天了。"

一乐说:"我现在没有力气,我回到乡下也没有用,我没有力气下地干活。让我在家里再住些日子吧?"

许玉兰说:"一乐,不是我要赶你回去。一乐,你想想,和你一起下乡的人里面,有好几个已经抽调上来了,已经回城了,三乐他们厂里就有四个人是从乡下回来的。你在乡下要好好干活,要讨好你们的生产队长,争取早一些日子回城来。"

许三观同意许玉兰的话,他说:

"你妈说得对,我们不是要赶你回去,你就是在家里住上一辈子,我们都不会赶你走的。现在你还是应该在乡下好好干活,你要是在家里住久了,你们生产队的人就会说你的闲话,你们的队长就不会让你抽调上来了。一乐,你回去吧,你再苦上一年、两年的,争取到一个回城的机会,以后的日子就会好过了。"

一乐摇摇头,他说:"我实在是没有力气,我回去以后也没法好好干活……"

许三观说:"力气这东西,和钱不一样,钱是越用越少,力气是越用越多。你在家里整天躺着坐着,力气当然越来越少了,你回到乡下,天天干活,天天出汗,力气就会回来了,就会越来越多……"

一乐还是摇摇头:"我已经半年没有回来过了,这半年里二乐回来过两次,我一次都没有。你们就再让我住些日子……"

"不行。"许玉兰说,"你明天就回去。"

一乐在家里住了十天,又要回到乡下去了。这一天早晨,许玉兰炸完油条回来时,也给一乐带了两根油条,她对一乐说:

"快趁热吃了,吃了你就走。"

一乐坐在窗前有气无力地看了看油条,摇摇头说:

"我不想吃,什么都不想吃,我没有胃口。"

然后他站起来,把两件带来的衣服叠好了,放进一个破旧的书包里,他背起书包对许玉兰和许三观说:

"我回去了。"

许三观说:"你把油条吃了再走。"

一乐摇摇头说:"我一点都不想吃东西。"

许玉兰说:"不吃可不行,你还要走很多路呢。"

说完,许玉兰让一乐等一会,她去煮了两个鸡蛋,又用手绢将鸡蛋包起来,放到一乐手里,对他说:

"一乐,你拿着,饿了想吃了,你就吃。"

一乐将鸡蛋捧在手里,走出门去,许三观和许玉兰走到门口看着他走去。许三观看到一乐低着头,走得很慢,很小心,他差不多是贴着墙壁往前走,他瘦得肩膀尖起来了,本来已经是小了的衣服,现在看上去显得空空荡荡,好像衣服里面没有身体。一乐走到那根电线杆时,许三观看到他抬起左手擦了擦眼睛,许三观知道他哭了。许三观对许玉兰说:

"我去送送一乐。"

许三观追上去,看到一乐真是在流眼泪,就对他说:

"我和你妈也是没有办法,我们就指望你在乡下好好干,能早一天抽调回城。"

一乐看到许三观走在了自己身边,就不再擦眼泪,他将快要滑下肩膀的书包背带往里挪了挪,他说:

"我知道。"

他们两个人一起往前走去,接下去都没有说话。许三观走得快,所以走上几步就要站住脚,等一乐跟上他了,再往前走。他们走到医院大门前时,许三观对一乐说:

"一乐,你等我一会。"

说完,许三观进了医院。一乐在医院外面站了一会,看到许三观还没有出来,他就在一堆乱砖上坐下,他抱着书包坐在那里,手里还捧着那两个鸡蛋。这时候他有点想吃东西了,就拿出来一个鸡蛋,在一块砖上轻轻敲了几下,接着剥开蛋壳,将鸡蛋放进了嘴里。他眼睛看着医院的大门,嘴里慢慢地咀嚼,他吃得很慢,当他吃完一个鸡蛋,许三观还没有出来,他就不再去看医院的大门,他把书包放在膝盖上,又把胳膊放到书包上,然后脑袋靠在胳膊上。

这么过了一会,许三观出来了,他对一乐说:

"我们走。"

他们一直往前走,走到了轮船码头。许三观让一乐在候船室里坐下,他买了船票以后,坐在一乐身边,这时离开船还有半个小时。候船室里挤满了人,大多是挑着担子的农民,他们都是天没亮就出来卖菜,或者卖别的什么,现在卖完了,他们准备回家了。他们将空筐子摞在一起,手里抱着扁担,抽着劣质的香烟,坐在那里笑眯眯地说着话。

许三观从胸前的口袋里拿出了三十元钱,塞到一乐手里,说:

"拿着。"

一乐看到许三观给他这么多钱,吃了一惊,他说:

"爹,给我这么多钱?"

许三观说:"快收起来,藏好了。"

一乐又看了看钱,他说:"爹,我就拿十元吧。"

许三观说:"你都拿着,这是我刚才卖血挣来的,你都拿着,这里面还有二乐的,二乐离我们远,离你近,他去你那里时,你就给他十元、十五元的,你对二乐说不要乱花钱。我们离你们远,平日里也照顾不到你们,你们兄弟要互相照顾。"

一乐点点头,把钱收了起来,许三观继续说:

"这钱不要乱花,要节省着用。觉得人累了,不想吃东西了,就花这钱去买些好吃的,补补身体。还有,逢年过节的时候,买两盒烟,买一瓶酒,去送给你们的生产队长,到时候就能让你们早些日子抽调回城。知道吗?这钱不要乱花,好钢要用在刀刃上……"

这时候一乐要上船了,许三观就站起来,一直把一乐送到检票口,又看着他上船,然后又对一乐喊道:

"一乐,记住我的话,好钢要用在刀刃上。"

一乐回过头来,对许三观点点头,接着低下头进了船舱。许三观仍然站在检票口,直到船开走了,他才转身走出了候船室,往家里走去。

一乐回到乡下,不到一个月,二乐所在生产队的队长进城来了,这位年过五十的男子满脸都是胡子,他抽烟时喜欢将烟屁股接在另一根香烟上,他在许三观家里坐了半个小时,接了三次香烟屁股,抽了四根香烟,他将第四根烟屁股在地上掐灭后,放进口袋,站起来说要走了,他说他中午在别的地方吃饭,晚上再来许三观家吃饭。

二乐的队长走后,许玉兰就坐到门槛上抹眼泪了,她边抹着眼泪边说:

"都到月底了,家里只剩下两元钱了,两元钱怎么请人家吃饭?请人吃饭总得有鱼有肉,还要有酒有烟,两元钱只能买一斤多肉和半条鱼,我怎么办啊?巧妇难为无米之炊,没有钱我怎么请人家吃饭?这可不是别的什么人,这可是二乐的队长啊,要是这顿饭不丰盛,二乐的队长就会吃得不高兴,二乐的队长不高兴,我家二乐就要苦了,别说是抽调回城没有了指望,就是呆在生产队里也不会有好日子了。这次请的可是二乐的队长啊,请他吃了,请他喝了,还得送他一份礼物,这两元钱叫我怎么办啊?"

许玉兰哭诉着转回身来,对坐在屋里的许三观说:

"许三观,只好求你再去卖一次血了。"

许三观听完许玉兰的话,坐在那里点了点头,对她说:

"你去给我打一桶井水来,我卖血之前要喝水。"

许玉兰说:"杯子里有水,你喝杯子里的水。"

许三观说:"杯子里的水太少了,我要喝很多。"

许玉兰说:"暖瓶里也有水。"

许三观说:"暖瓶里的水烫嘴,我让你去打一桶井水来,你去就是了。"

许玉兰答应了一声,急忙站起来,到外面去打了一桶井水回来。许三观让她把那一桶井水放在桌子上,又让她去拿来一只碗。然后他一碗一碗地喝着桶里的水,喝到第五碗时,许玉兰担心出事了,她对许三观说:

"你别喝了,你再喝会出事的。"

许三观没有理睬她,又喝了两碗井水,然后他捧着自己的肚子小心翼翼地站起来,站起来以后走了两步,他又在那里站了一会,随后才走了出去。

许三观来到了医院,他见到李血头,对李血头说:

"我又来卖血了。"

这时的李血头已经有六十多岁了,他的头发全部白了,背也弓了,他坐在那里边抽烟边咳嗽,同时不停地往地上吐痰,穿着布鞋的两只脚就不停地在地上擦来擦去,要将地上的痰擦干净。李血头看了一会许三观,说道:

"你前天还来卖过血。"

许三观说:"我是一个月以前来卖过。"

李血头笑起来,他说:"你是一个月以前来过,所以我还记得,你别看我老了,我记忆很好,什么事,不管多小的事,我只要见过,只要知道,就不会忘掉。"

许三观微笑着连连点头,他说:

"你的记忆真是好,我就不行,再重要的事,睡上一觉我就会忘得干干净净。"

李血头听了这话,身体很高兴地往后靠了靠,他看着许三观说:

"你比我小很多岁,记忆还不如我。"

许三观说:"我怎么能和你比?"

李血头说:"这倒也是,我的记忆别说是比你好,就是很多二三十岁的年轻人都不如我。"

许三观看到李血头咧着嘴笑得很高兴,就问他:

"你什么时候让我卖血?"

"不行。"李血头马上收起了笑容,他说,"你小子不要命了,卖一次血要休息三个月,三个月以后才可以再卖血。"

许三观听他这么说，不知所措了，他那么站了一会，对李血头说：

"我急着要用钱，我家二乐的队长……"

李血头打断他的话："到我这里来的人，都是急着要用钱。"

许三观说："我求你了……"

李血头又打断他的话："你别求我，到我这里来的人，都求我。"

许三观又说："我求你了，我家二乐的队长要来吃晚饭，可是家里只有两元钱……"

李血头挥挥手："你别说了，你再说也没用，我不会听你说了。你两个月以后再来。"

许三观这时候哭了，他说："两个月以后再来，我就会害了二乐，二乐就会苦一辈子了，我把二乐的生产队长得罪了，二乐以后怎么办啊？"

"二乐是谁？"李血头问。

"我儿子。"许三观回答。

"哦……"李血头点了点头。

许三观看到李血头的脸色温和了一些，就擦了擦眼泪，对他说：

"这次就让我卖了，就这一次，我保证没有第二次。"

"不行。"李血头摇着头说，"我是为你好，你要是把命卖掉了，谁来负这个责任？"

许三观说："我自己来负这个责任。"

"你负个屁。"李血头说,"你都死掉了,你死了什么事都没有了,我就跟着你倒霉了。你知道吗?这可是医疗事故,上面会来追查的……"

李血头说到这里停住了,他看到许三观的两条腿在哆嗦,他就指着许三观的腿,问他:

"你哆嗦什么?"

许三观说:"我尿急,急得不行了。"

这时候有一个人走了进来,他挑着空担子,手里提着一只母鸡,他一进屋就认出了许三观,就叫了他一声,可是许三观一下子没认出他来,他就对许三观说:

"许三观,你不认识我啦?我是根龙。"

许三观认出来了,他对根龙说:

"根龙,你的样子全变了,你怎么一下子这么老了,你的头发都白了,你才四十多岁吧?"

根龙说:"我们乡下人辛苦,所以人显得老。你的头发也白了,你的样子也变了很多,可我还是一眼认出你来了。"

然后根龙把手里的母鸡递给李血头,他说:

"这是下蛋鸡,昨天还下了一个双黄蛋。"

李血头伸手接过母鸡,笑得眼睛都没有了,他连连说:

"啊呀,你这么客气,根龙,你这么客气……"

根龙又对许三观说:"你也来卖血了,这真是巧,我会在这里碰上你。我们有十多年没见了吧？"

许三观对根龙说："根龙，你替我求求李血头，求他让我卖一次血。"

根龙就去看李血头，李血头对根龙说：

"不是我不让他卖，他一个月以前才来过。"

根龙就点点头，对许三观说：

"要三个月，卖一次血要休息三个月。"

许三观说："根龙，我求你了，你替我求求他，我实在是急着要用钱，我是为了儿子……"

根龙听许三观说完了，就对李血头说：

"求你看在我的面子上，让他卖一次血，就这一次。"

李血头拍了一下桌子说："你根龙出面为他说情，我就让他卖这次血了，我的朋友里面，根龙的面子是最大的，只要根龙来说情，我没有不答应的……"

许三观和根龙卖了血以后，两个人先去医院的厕所把肚子里的尿放干净了，然后来到了胜利饭店，他们坐在临河的窗前，要了炒猪肝和黄酒，许三观问起了阿方，他说：

"阿方还好吗？他今天怎么没来？"

根龙说："阿方身体败掉了。"

许三观吓了一跳，他问：

"是怎么回事？"

"他把尿肚子撑破了。"根龙说,"我们卖血以前都要喝很多水,阿方那次喝得太多了,就把尿肚子撑破了。那次我都没卖成血,我们还没走到医院,阿方就说肚子疼了,我说肚子疼了就在路边歇一会,我们就坐在城里电影院的台阶上,阿方一坐下,疼得喊起来,吓得我不知道出了什么事,没一会工夫,阿方就昏过去了,好在离医院近,送到医院,才知道他的尿肚子破了……"

许三观问:"他的命没有丢掉吧?"

"命倒是保住了,"根龙说,"就是身体败掉了,以后就再不能卖血了。"

然后根龙问许三观:"你还好吧?"

许三观摇摇头:"两个儿子都在乡下,只有三乐还好,在机械厂当工人。在乡下的两个儿子实在是太苦了。城里有头有脸的人,他们的孩子下乡没几年,全抽调上来了。我有多少本事,你根龙也是知道的,一个丝厂的送茧工能有多少本事?只有看儿子自己的本事了,他们要是命好,人缘好,和队长关系好,就可以早一些日子回城里来工作……"

根龙对许三观说:"你当初为什么不让两个儿子到我们生产队来落户呢?阿方就是生产队长,他现在身体败掉了还在当队长,你的两个儿子在我们生产队里,我们都会照应他们的,要抽调回城了,肯定先让你的儿子走……"

根龙说到这里,举起手摸着头,他说:

"我怎么头晕了？"

"对啊，"许三观听了这话，眼睛都睁圆了，他说：

"我当初怎么没想到这事……"

他看到根龙的脑袋靠在了桌子上，他说："根龙，你没事吧？"

根龙说："没事，就是头越来越晕了。"

许三观这时候又去想自己的事了，他叹了一口气，说道：

"我当初没想到这事，现在想到了也已经晚了……"

他看到根龙的眼睛闭上了，他继续说：

"其实当初想到了也不一定有用，儿子去哪个生产队落户，也不是我们能够说了算的……"

他看到根龙没有反应，就去推推根龙，叫了两声：

"根龙，根龙。"

根龙没有动，许三观吓了一跳，他回头看了看，看到饭店里已经坐满人了，人声十分嘈杂，香烟和饭菜的蒸气使饭店里灰蒙蒙的，两个伙计托着碗在人堆里挤过来。许三观又去推推根龙，根龙还是没有反应，许三观叫了起来，他对那两个伙计叫道：

"你们快过来看看，根龙像是死了。"

听说有人死了，饭店里一下子没有了声音，那两个伙计立刻挤了过来，他们一个摇摇根龙的肩膀，另一个去摸根龙的脸，摸着根龙脸的那个人说：

"没死，脸上还热着。"

还有一个伙计托起根龙的脸看了看,对围过来的人说:

"像是快要死了。"

许三观问:"怎么办啊?"

有人说:"快送到医院去。"

根龙被他们送到了医院,医生说根龙是脑溢血。他们问什么是脑溢血,医生说脑袋里有一根血管破了,旁边另外一个医生补充说:

"看他的样子,恐怕还不止是一根血管破了。"

许三观在医院走廊的椅子里坐了三个小时,等到根龙的女人桂花来了,他才站起来。他有二十多年没有见过桂花了,眼前的桂花和从前的桂花是一点都不像,桂花看上去像个男人似的,十分强壮,都已经是深秋了,桂花还赤着脚,裤管卷到膝盖上,两只脚上都是泥,她是从田里上来的,没顾得上回家就到医院来了。许三观看到她的时候,她的眼睛已经肿了,许三观心想她是一路哭着跑来的。

根龙的女人来了,许三观离开医院回家了。他往家里走去时,心里一阵阵发虚,他觉得自己的身体很沉,像是扛了一百斤大米似的,两条腿迈出去的时候都在哆嗦。医生说根龙是脑溢血,许三观不这样想,许三观觉得根龙是因为卖血,才病成这样的,他对自己说:

"医生不知道根龙刚才卖血了,才说他是脑溢血。"

许三观回到家里,许玉兰看到他就大声叫了起来:

"你去哪里了?你都把我急死了,二乐的队长就要来吃饭了,你还不回来。你卖血了吗?"

许三观点点头说:"卖了,根龙快死了。"

许玉兰伸出手说:"钱呢?"

许三观把钱给她,她数了数钱,然后才想起许三观刚才说的话,她问:

"你说谁快要死了?"

"根龙,"许三观在凳子上坐下,"和我一起卖血的根龙,就是我爷爷村里的根龙……"

许玉兰不知道根龙是谁,也不知道他为什么快要死了,她把钱放进衣服里面的口袋,没有听许三观把话说完,就出门去买鱼买肉,买烟买酒了。

许三观一个人在家里,先是坐在凳子上,坐了一会,他觉得累,就躺到了床上。许三观心想连坐着都觉得累,自己是不是也快要死了?这么一想,他又觉得胸口闷得发慌。过了一会,他觉得头也晕起来了。他想起来,根龙先就是头晕,后来头就靠在了桌子上,再后来他们叫根龙,根龙就不答应了。

许三观在床上一直躺着,许玉兰买了东西回来后,看到许三观躺在床上,就对他说:

"你就躺着吧,你卖了血身体弱,你就躺着吧,你什么都别管了,等到二乐的队长来了,你再起来。"

傍晚的时候,二乐的队长来了,他一进屋就看到桌子上的菜,他说:

"这么多的菜,桌子都快放不下了,你们太客气了,还有这么好的酒……"

然后他才看到许三观,他看着许三观说:

"你像是瘦了,比上午见到你时瘦了。"

许三观听了这话,心直往下沉了,他强作笑颜地说:

"是,是,我是瘦了。队长,你坐下。"

"隔上半年、一年的,我倒是经常见到有人瘦了,隔了不到一天,人就瘦了,我还是第一次见到。"

二乐的队长说着在桌子前坐下来,他看到桌上放了一条香烟,不由叫了起来:

"你们还买了一条香烟?吃一顿饭抽不了这么多香烟。"

许玉兰说:"队长,这是送给你的,你抽不完就带回家。"

二乐的队长嘻嘻笑着点起了头,又嘻嘻笑着把桌上的那瓶酒拿到手里,右手一拧,拧开了瓶盖,他先把自己的杯子倒满了,再去给许三观的杯子里倒酒,许三观急忙拿起自己的杯子,他说:

"我不会喝酒。"

二乐的队长说:"不会喝酒,你也得陪我喝,我不喜欢一个人喝酒。有人陪着喝,喝酒才有意思。"

许玉兰说:"许三观,你就陪队长喝两杯。"

许三观只好将杯子给了二乐的队长,二乐的队长倒满酒以后,让许三观拿起酒杯,他说:

"一口干了。"

许三观说:"就喝一点吧。"

"不行,"二乐的队长说,"要全喝了,这叫感情深,一口吞;感情浅,舔一舔。"

许三观就一口将杯中的酒喝了下去,他觉得浑身热起来了,像是有人在他胃里划了一根火柴似的。身体一热,许三观觉得力气回来一些了,他心里轻松了很多,就夹了一块肉放到嘴里。

这时许玉兰对二乐的队长说:

"队长,二乐每次回家都说你好,说你善良,说你平易近人,说你一直在照顾他……"

许三观想起来二乐每次回家都要把这个队长破口大骂,许三观心里这样想,嘴上则那样说,他说:

"二乐还说你这个队长办事让人心服口服……"

二乐的队长指着许三观说:"你这话说对了。"

然后他又举起酒杯:"干了。"

许三观又跟着他把杯中的酒一口喝干净,二乐的队长抹了抹嘴巴说:

"我这个队长,不是我吹牛,方圆百里都找不出一个比我更公正的队长来,我办事有个原则,就是一碗水端平,什么事到我手里,我都把它抹平了……"

许三观觉得头晕起来了,他开始去想根龙,想到根龙还躺在医院里,想到根龙病得很重,都快要死了,他就觉得自己也快要躺到医院里去了。他觉得头越来越晕,眼睛也花了,心脏咚咚乱跳,他觉得两条腿在哆嗦了,过了一会,肩膀也抖了起来。

二乐的队长对许三观说:"你哆嗦什么?"

许三观说:"我冷,我觉得冷。"

"酒喝多了就会热。"二乐的队长说,随后举起酒杯,"干了。"

许三观连连摇头,"我不能喝了……"

许三观在心里说:我要是再喝的话,我真会死掉的。

二乐的队长拿起许三观的酒杯,塞到许三观手里,对他说:

"一口干了。"

许三观摇头:"我真的不能喝了,我身体不行了,我会晕倒的,我脑袋里的血管会破掉……"

二乐的队长拍了一下桌子说:"喝酒就是要什么都不怕,哪怕会喝死人,也要喝,这叫宁愿伤身体,不愿伤感情。你和我有没有感情,就看你干不干这杯酒。"

许玉兰说:"许三观,你快一口干了,队长说得对,宁愿伤身体,也不愿伤感情。"

许三观知道许玉兰下面没有说出来的话,许玉兰是要他为二乐想想。许三观心想为了二乐，为了二乐能够早一天抽调回城，就喝了这一杯酒。

许三观一口喝掉了第三杯酒，然后他觉得胃里像是翻江倒海一样难受起来，他知道自己要呕吐了，赶紧跑到门口，哇哇吐了起来，吐得他腰部一阵阵抽搐，疼得直不起腰来。他在那里蹲了一会，才慢慢站起来，他抹了抹嘴，眼泪汪汪地回到座位上。

二乐的队长看到他回来了，又给他倒满了酒，把酒杯递给他：

"再喝！宁愿伤身体，不愿伤感情，再喝一杯。"

许三观在心里对自己说：为了二乐，为了二乐哪怕喝死了也要喝。他接过酒，一口喝了下去。许玉兰看着他这副样子，开始害怕了，她说：

"许三观，你别喝了，你会出事的。"

二乐的队长摆摆手说："不会出事的。"

他又给许三观倒满了酒，他说：

"我最多的一次喝了两斤白酒，喝完一斤的时候实在是不行了，我就挖一下舌头根，在地上吐了一摊，把肚子里的酒吐干净了，又喝了一斤。"

说着他发现酒瓶空了，就对许玉兰说：

"你再去买一瓶白酒。"

这天晚上，二乐的队长一直喝到有醉意了，才放下酒杯，摇晃着站起来，走到门口，侧着身体在那里放尿了。放完尿，他慢

慢地转回身来,看了一会许三观和许玉兰,然后说:

"今天就喝到这里了,我下次再来喝。"

二乐的队长走后,许玉兰把许三观扶到床上,替他脱了鞋,脱了衣服,又给他盖上被子。安顿好了许三观,许玉兰才去收拾桌子了。

许三观躺在床上,闭着眼睛不停地打嗝,打了一阵后,鼾声响起来了。

许三观一觉睡到天亮,醒来时觉得浑身酸疼,这时候许玉兰已经出门去炸油条了。许三观下了床,觉得头疼得像是要裂开来似的,他在桌旁坐了一会,喝了一杯水。然后他想到根龙了,都不知道根龙怎么样了,他觉得自己应该到医院去看看。

许三观来到医院时,看到根龙昨天躺着的那张病床空了,他心想根龙不会这么快就出院了,他问其他病床上的人:

"根龙呢?"

他们反问:"根龙是谁?"

他说:"就是昨天脑溢血住院的那个人。"

他们说:"他死了。"

根龙死了?许三观半张着嘴站在那里,他看看那张空病床,病床上已经没有了白床单,只有一张麻编的褥子,褥子上有一块血迹,血迹看上去有很长时间了,颜色开始发黑。

然后,许三观来到医院外面,在一堆乱砖上坐下来,深秋的风吹得他身体一阵阵发冷,他将双手插在袖管里,脖子缩到衣领里面。他一直坐在那里,心里想着根龙,还有阿方,想到他们两个人第一次带着他去卖血,他们教他卖血前要喝水,卖血后要吃一盘炒猪肝,喝二两黄酒……想到最后,许三观坐在那里哭了起来。

第二十七章

一乐回到乡下以后，觉得力气一天比一天少了，到后来连抬一下胳膊都要喘几口气。与此同时，身体也越来越冷，他把能盖的都盖在身上，还是不觉得暖和，就穿上棉袄，再盖上棉被睡觉。就是这样，早晨醒来时两只脚仍然冰凉。

这样的日子持续了两个月，一乐躺在床上起不来了，他一连睡了几天，这几天他只吃了一些冷饭，喝了一些冷水，于是他虚弱得说话都没有了声音。

这时候二乐来了，二乐是下午离开自己的生产队，走了三个多小时，来到一乐这里的。那时候天快黑了，二乐站在一乐的门口，又是喊叫又是敲门。一乐在里面听到了，他想爬起来，可是没有力气；他想说话，又说不出声音来。

二乐在门外叫了一会以后，把眼睛贴在门缝上往里看，他看

到一乐躺在昏暗的床上,脸对着门,嘴巴一动一动的,二乐对一乐说:

"你快给我开门,外面下雪了,西北风呼呼的,把雪都吹到我脖子里了,我都快冻僵了,你快给我开门,你知道我来了,我看到你在看我,你的嘴都在动,你的眼睛好像也动了,你是不是在笑,你别捉弄我,我再站下去就会冻死了。他妈的,你别和我玩了,我的脚都冻麻了,你没听到我在跺脚吗?一乐,你他妈的快给我开门……"

二乐在门外说了很多话,一直说到天完全黑下来,屋里的一乐都被夜色吞没了,一乐还是没有起床给他打开屋门。二乐害怕起来,他心想一乐是不是出事了?是不是喝了农药准备自杀?二乐心里这样想着,就抬起脚对准门锁踢了两脚,把一乐的屋门踢开了。他跑到一乐床前,去摸一乐的脸,一乐脸上的滚烫让二乐吓了一跳,二乐心想他发烧了,起码有四十度。这时一乐说话了,声音十分微弱,他说:

"我病了。"

二乐揭开被子,把一乐扶起来,对一乐说:

"我送你回家,我们坐夜班轮船回去。"

二乐知道一乐病得不轻,他不敢耽误,把一乐背到身上,就出门往码头跑去。最近的轮船码头离一乐的生产队也有十多里路,二乐背着一乐在风雪里走了近一个小时,才来到码头。码头一片漆黑，借着微弱的雪光，二乐看到了那个凉亭，就在道路的中间，道路从凉亭中间穿了过去，凉亭右边是石头台阶，一层一层地伸向了河里。

这就是码头了，凉亭就是为了这个码头修建的，它建在这里是为了让候船的人躲避雨雪，躲避夏天的炎热。二乐背着一乐走入四面通风的凉亭，他把一乐放下来，放在水泥砌出来的凳子上，他才发现一乐的头发上背脊上全是雪，他用手将一乐背脊上的雪拍干净，又拍去一乐头上的雪，一乐的头发全湿了，脖子里也湿了。一乐浑身哆嗦，他对二乐说：

"我冷。"

二乐这时候热得全身是汗，他听到一乐说冷，才看到外面的风雪正呼呼地吹到亭子里来，他脱下自己的棉袄裹住一乐，一乐还是不停地哆嗦，他问一乐：

"夜班轮船什么时候才来？"

一乐回答的声音几乎听不到，二乐把耳朵贴在他的嘴上，才听到他说：

"十点钟。"

二乐心想现在最多也就是七点，离上船还有三个小时，在这风雪交加的亭子里坐上三个小时，还不把一乐冻死了。他让一乐坐到地上，这样可以避开一些风雪，又用自己的棉袄把一乐的头和身体裹住，然后对一乐说：

"你就这么坐着,我跑回去给你拿一条被子来。"

说着二乐往一乐生产队的家跑去,他拼命地跑,一刻都不敢耽误,因为跑得太急,一路上他摔了几跤,摔得他右胳膊和屁股左边一阵阵地疼。跑到一乐的屋子,他站着喘了一会气,接着抱起一乐的被子又奔跑起来。

二乐跑回到亭子里时,一乐不见了,二乐吓得大声喊叫:

"一乐,一乐……"

喊了一会,他看到地上黑乎乎的有一堆什么,他跪下去一摸,才知道是一乐躺在地上,那件棉袄躺在一边,只有一个角盖在一乐的胸口。二乐赶紧把一乐扶起来,叫着他的名字,一乐没有回答,二乐吓坏了,他用手去摸一乐的脸,一乐的脸和他的手一样冰冷,二乐心想一乐是不是死了,他使劲喊:

"一乐,一乐……你是不是死了?"

这时他看到一乐的头动了动,他知道一乐没死,就高兴地笑了起来。

"他妈的,"他说,"你把我吓了一跳。"

接着他对一乐说:"我把被子抱来了,你不会冷了。"

说着二乐将棉被在地上铺开,把一乐抱上去,又用棉被将一乐裹住,接着他自己也坐在了地上,抱着裹住一乐的棉被,他靠着水泥凳子,让一乐靠着他,他说:

"一乐,你现在不冷了吧?"

然后，二乐才感到自己已经精疲力竭，他把头搁在后面的水泥凳子上，他觉得抱住一乐的两只手要掉下去了，这么一想，他的两只手就垂了下来。一乐靠在他身上，如同一块石头压着他似的，他让两只手垂着休息了一下，就去撑在地上，再让自己的身体休息一会。

二乐身上的汗水湿透了衣服，没过多久，汗水变得冰凉了，西北风嗖嗖地刮进了他的脖子，使他浑身发抖。头发上开始滴下来水珠，他伸手摸了摸头发，才知道头发上的雪已经融化了，他又摸摸衣服，身上的雪也已经融化。里面的汗水渗出来，外面的雪水渗进去，它们在二乐的衣服上汇合，使二乐身上的衣服湿透了。

夜班轮船过了十点以后才来，二乐背着一乐上了船，船上没有多少人，二乐来到船尾，那里隔一块木板就是轮船的发动机，他就让一乐躺在椅子上，自己靠在那块木板上，木板因为发动机散热显得很暖和。

轮船到达城里时，天还没有亮，城里也在下雪，地上已经积了很厚的一层雪。二乐背着一乐，那条棉被又盖着一乐，所以二乐走去时像是一辆三轮车那么庞大，雪地上留下他的一串脚印，脚印弯弯扭扭，深浅不一，在路灯的光线里闪闪发亮。

二乐背着一乐回到家里时，许三观和许玉兰还在熟睡之中，他们听到用脚踢门的巨大声响，打开门以后，他们看到一个庞大的雪堆走了进来。

一乐立刻被送到了医院,天亮的时候,医生告诉他们,一乐得了肝炎,医生说一乐的肝炎已经很严重了,这里的医院治不了,要马上送到上海的大医院去,送晚了一乐会有生命危险。

医生的话音刚落,许玉兰的哭声就起来了,她坐在病房外面的椅子上,拉住许三观的袖管,哭着说:

"一乐都病成这样了,那次他回家的时候就已经病了,我们太狠心了,我们不该把他赶回去,我们不知道他病了,要是早知道他是病了,他就不会病成这样。现在都要往上海送了,再不送上海,一乐的命都会保不住了。往上海送要花多少钱啊!家里的钱连救护车都租不起,许三观,你说怎么办?"

许三观说:"你别哭了,你再哭,一乐的病也不会好。没有钱,我们想想办法,我们去借钱,只要是认识的人,我们都去向他们借,总能借到一些钱。"

许三观先是到三乐的工厂,找到三乐,问他有多少钱,三乐说四天前才发了工资,还有十二元钱,许三观就要他拿出十元来,三乐摇摇头说:

"我给了你十元,下半个月我吃什么?"

许三观说:"你下半个月就喝西北风吧。"

三乐听了这话嘿嘿地笑,许三观吼了起来:

"你别笑了,你哥哥一乐都快死了,你还笑……"

三乐一听这话，眼睛瞪直了，他说：

"爹，你说什么？"

许三观这才想起来，他还没有告诉三乐，一乐得了肝炎病得很重这件事。他赶紧告诉了三乐，三乐知道后就把十二元钱都给了许三观，三乐说：

"爹，你都拿走吧，你先回医院去，我请了假就来。"

许三观从三乐那里拿了十二元钱，又去找到了方铁匠，他坐在方铁匠打铁的火炉旁，对他说：

"我们认识有二十多年了吧？这二十多年里面，我一次都没有求过你，今天我要来求你了……"

方铁匠听完许三观的话，就从胸前的口袋里摸出十元钱，他说：

"我只能借给你十元，我知道这些钱不够，可我只能给你这么多了。"

许三观离开方铁匠那里，一个上午走了十一户人家，有八户借给了他钱。中午的时候，他来到了何小勇家，何小勇死后的这几年，许三观很少见到他的女人。他站在何小勇家门口时，看到何小勇的女人和两个女儿正在吃午饭，何小勇的女人没有了丈夫，几年下来头发都花白了，许三观站在门口对她说：

"一乐病得很重，医生说要马上往上海送，送晚了一乐会死掉的，我们家里的钱不够，你能不能借给我一些钱？"

何小勇的女人看了看许三观，没有说话，低下头继续吃饭。

许三观站了一会,又说:

"我会尽快把钱还给你的,我们可以立一个字据……"

何小勇的女人又看了看他,随后又去吃饭了。许三观第三次对她说:

"我以前得罪过你,我对不起你,求你看在一乐的面子上,怎么说一乐……"

这时何小勇的女人对她的两个女儿说:

"怎么说一乐也是你们的哥哥,你们不能见死不救,你们有多少钱?拿出来给他。"

何小勇的女人伸手指了指许三观,她的两个女儿都站了起来,上楼去取钱了。何小勇的女人当着许三观,将手伸到自己胸前的衣服里面,她摸出了钱,是用一块手帕包着的,她把包得方方正正的手帕放在桌子上,打开后,许三观看到手帕里有一张五元,还有一张两元的钱,其余的都是硬币了,她把五元和两元拿出来,把硬币重新包好,放回到胸口。这时候她的两个女儿也下楼来了,她们把钱交到母亲手里。何小勇的女人将两个女儿的钱和自己的钱叠在一起,站起来走到门口,递给许三观,说:

"总共是十七元,你数一数。"

许三观接过钱,数过后放到口袋里,他对何小勇的女人说:

"我一个上午走了十三户人家,你们借给我的钱最多,我给你们鞠躬了。"

许三观给她们鞠了一个躬,然后转身离去。许三观一个上午借到了六十三元,他把钱交给许玉兰,让许玉兰先护送一乐去上海,他说:

"我知道这些钱不够,我会继续筹钱的,你只要把一乐照顾好,别的事你都不要管了,我在这里把钱筹够了,就会到上海来找你们,你们快走吧,救命要紧。"

许玉兰他们走后的下午,二乐也病倒了,二乐在把一乐背回来的路上受了寒,他躺在床上拼命咳嗽,二乐咳嗽时的声音像是呕吐似的,让许三观听了害怕,许三观伸手一摸他的额头,就像是摸在火上一样,许三观赶紧把二乐送到医院,医生说二乐是重感冒,支气管发炎,炎症还没有到肺部,所以打几天青、链霉素,二乐的病就会好起来。

许三观把三乐叫到面前,对他说:

"我把二乐交给你了,你这几天别去厂里上班了,就在家里照顾二乐,你要让二乐休息好,吃好,知道你不会做饭,我也没有时间给你们做饭,我还要去给一乐筹钱,你就到厂里食堂去打饭。这里有十元钱,你拿着。"

然后,许三观又去找李血头了,李血头看到许三观赔着笑脸走进来,就对他说:

"你又要来卖血了?"

许三观点点头,他说:

"我家的一乐得了肝炎,送到上海去了,我家的二乐也病了,躺在家里,里里外外都要钱……"

"你别说了。"李血头摆摆手,"我不会听你说的。"

许三观哭丧着脸站在那里,李血头对他说:

"你一个月就要来卖一次血,你不想活啦?你要是不想活,就找个没人的地方,找一棵树把自己吊死算了。"

许三观说:"求你看在根龙的面子上……"

"他妈的,"李血头说,"根龙活着的时候,你让我看他的面子;根龙都已经死了,你还要我看他的面子?"

许三观说:"根龙死了没多久,他尸骨未寒,你就再看一次他的面子吧。"

李血头听到许三观这样说,不由嘿嘿笑了起来,他说:

"你这人脸皮真厚,这一次我看在你的厚脸皮上,给你出个主意,我这里不让你卖血,你可以到别的地方,别的医院去卖血。别的地方不会知道你刚卖过血,他们就会收你的血,明白吗?"

李血头看到许三观连连点头,继续说,

"这样一来,你就是卖血把自己卖死了,也和我没有关系了。"

第二十八章

许三观让二乐躺在家里的床上,让三乐守在二乐的身旁,然后他背上一个蓝底白花的包裹,胸前的口袋里放着两元三角钱,出门去了轮船码头。

他要去的地方是上海,路上要经过林浦、北荡、西塘、百里、通元、松林、大桥、安昌门、靖安、黄店、虎头桥、三环洞、七里堡、黄湾、柳村、长宁、新镇。其中林浦、百里、松林、黄店、七里堡、长宁是县城,他要在这六个地方上岸卖血,他要一路卖着血去上海。

这一天中午的时候,许三观来到了林浦,他沿着那条穿过城镇的小河走过去,他看到林浦的房屋从河两岸伸出来,一直伸到河水里。这时的许三观解开棉袄的纽扣,让冬天温暖的阳光照在胸前,于是他被岁月晒黑的胸口,又被寒风吹得通红。他看到一处石阶以后,就走了下去,在河水边坐下。河的两边泊满了船只,只有他坐着的石阶这里没有停泊。不久前林浦也下了一场大雪，许三观看到身旁的石缝里镶着没有融化的积雪，在阳光里闪闪发亮。从河边的窗户看进去，他看到林浦的居民都在吃着午饭，蒸腾的热气使窗户上的玻璃白茫茫的一片。

他从包裹里拿出了一只碗，将河面上的水刮到一旁，舀起一碗下面的河水，他看到林浦的河水在碗里有些发绿，他喝了一口，冰冷刺骨的河水进入胃里时，使他浑身哆嗦。他用手抹了抹嘴巴后，仰起脖子一口将碗里的水全部喝了下去，然后他双手抱住自己猛烈地抖动了几下。过了一会，觉得胃里的温暖慢慢地回来了，他再舀起一碗河水，再次一口喝了下去，接着他再次抱住自己抖动起来。

坐在河边窗前吃着热气腾腾午饭的林浦居民，注意到了许三观。他们打开窗户，把身体探出来，看着这个年近五十的男人，一个人坐在石阶最下面的那一层上，一碗一碗地喝着冬天寒冷的河水，然后一次一次地在那里哆嗦，他们就说：

"你是谁？你是从哪里来的？没见过像你这么口渴的人，你为什么要喝河里的冷水，现在是冬天，你会把自己的身体喝坏的。你上来吧，到我们家里来喝，我们有烧开的热水，我们还有茶叶，我们给你沏上一壶茶水……"

许三观抬起头对他们笑道：

"不麻烦你们了，你们都是好心人，我不麻烦你们，我要喝的水太多，我就喝这河里的水……"

他们说："我们家里有的是水，不怕你喝，你要是喝一壶不够，我们就让你喝两壶、三壶……"

许三观拿着碗站了起来，他看到近旁的几户人家都在窗口邀请他，就对他们说：

"我就不喝你们的茶水了，你们给我一点盐，我已经喝了四碗水了，这水太冷，我有点喝不下去了，你们给我一点盐，我吃了盐就会又想喝水了。"

他们听了这话觉得很奇怪，他们问：

"你为什么要吃盐？你要是喝不下去了，你就不会口渴。"

许三观说："我没有口渴，我喝水不是口渴……"

他们中间一些人笑了起来，有人说：

"你不口渴，为什么还要喝这么多的水？你喝的还是河里的冷水，你喝这么多河水，到了晚上会肚子疼……"

许三观站在那里，抬着头对他们说：

"你们都是好心人，我就告诉你们，我喝水是为了卖血……"

"卖血？"他们说，"卖血为什么要喝水？"

"多喝水，身上的血就会多起来，身上的血多了，就可以卖掉它两碗。"

许三观说着举起手里的碗拍了拍，然后他笑了起来，脸上的皱纹堆到了一起。他们又问：

"你为什么要卖血？"

许三观回答："一乐病了，病得很重，是肝炎，已经送到上海的大医院去了……"

有人打断他："一乐是谁？"

"我儿子，"许三观说，"他病得很重，只有上海的大医院能治。家里没有钱，我就出来卖血。我一路卖过去，卖到上海时，一乐治病的钱就会有了。"

许三观说到这里，流出了眼泪，他流着眼泪对他们微笑。他们听了这话都怔住了，看着许三观不再说话。许三观向他们伸出了手，对他们说：

"你们都是好心人，你们能不能给我一点盐？"

他们都点起了头，过了一会，有几个人给他送来了盐，都是用纸包着的，还有人给他送来了三壶热茶。许三观看着盐和热茶，对他们说：

"这么多盐，我吃不了，其实有了茶水，没有盐我也能喝下去。"

他们说："盐吃不了你就带上，你下次卖血时还用得上。茶水你现在就喝了，你趁热喝下去。"

许三观对他们点点头，把盐放到口袋里，坐回到刚才的石阶上，他这次舀了半碗河水，接着拿起一只茶壶，把里面的热茶水倒在碗里，倒满就一口喝了下去，他抹了抹嘴巴说：

"这茶水真是香。"

许三观接下去又喝了三碗,他们说:

"你真能喝啊。"

许三观不好意思地笑了笑,他站起来说:

"其实我是逼着自己喝下去的。"

然后他看看放在石阶上的三只茶壶,对他们说:

"我要走了,可是我不知道这三只茶壶是谁家的,我不知道应该还给谁?"

他们说:"你就走吧,茶壶我们自己会拿的。"

许三观点点头,他向两边房屋窗口的人,还有站在石阶上的人鞠了躬,他说:

"你们对我这么好,我也没什么能报答你们的,我只有给你们鞠躬了。"

然后,许三观来到了林浦的医院,医院的供血室是在门诊部走廊的尽头,一个和李血头差不多年纪的男人坐在一张桌子旁,他的一条胳膊放在桌子上,眼睛看着对面没有门的厕所。许三观看到他穿着的白大褂和李血头的一样脏,许三观就对他说:

"我知道你是这里的血头,你白大褂的胸前和袖管上黑乎乎的,你胸前黑是因为你经常靠在桌子上,袖管黑是你的两条胳膊经常放在桌子上,你和我们那里的李血头一样,我还知道你白大褂的屁股上也是黑乎乎的,你的屁股天天坐在凳子上……"

许三观在林浦的医院卖了血,又在林浦的饭店里吃了一盘炒猪肝，喝了二两黄酒。接下去他走在了林浦的街道上，冬天的寒风吹在他脸上，又灌到了脖子里，他开始知道寒冷了，他觉得棉袄里的身体一下子变冷了，他知道这是卖了血的缘故，他把身上的热气卖掉了。他感到风正从胸口滑下去，一直到腹部，使他肚子里一阵阵抽搐。他就捏紧了胸口的衣领，两只手都捏在那里，那样子就像是拉着自己在往前走。

阳光照耀着林浦的街道，许三观身体哆嗦着走在阳光里。他走过了一条街道，来到了另一条街道上，他看到有几个年轻人靠在一堵洒满阳光的墙壁上，眯着眼睛站在那里晒太阳，他们的手都插在袖管里，他们声音响亮地说着，喊着，笑着。许三观在他们面前站了一会，就走到了他们中间，也靠在墙上；阳光照着他，也使他眯起了眼睛。他看到他们都扭过头来看他，他就对他们说：

"这里暖和，这里的风小多了。"

他们点了点头，他们看到许三观缩成一团靠在墙上，两只手还紧紧抓住衣领，他们互相之间轻声说：

"看到他的手了吗？把自己的衣领抓得这么紧，像是有人要用绳子勒死他，他拼命抓住绳子似的，是不是？"

许三观听到了他们的话，就笑着对他们说：

"我是怕冷风从这里进去。"

许三观说着腾出一只手指了指自己的衣领，继续说：

"这里就像是你们家的窗户，你们家的窗户到了冬天都关上了吧？冬天要是开着窗户，在家里的人会冻坏的。"

他们听了这话哈哈笑起来，笑过之后他们说：

"没见过像你这么怕冷的人，我们都听到你的牙齿在嘴巴里打架了。你还穿着这么厚的棉袄，你看看我们，我们谁都没穿棉袄，我们的衣领都敞开着……"

许三观说："我刚才也敞开着衣领，我刚才还坐在河边喝了八碗河里的冷水……"

他们说："你是不是发烧了？"

许三观说："我没有发烧。"

他们说："你没有发烧？那你为什么说胡话？"

许三观说："我没有说胡话。"

他们说："你肯定发烧了，你是不是觉得很冷？"

许三观点点头说："是的。"

"那你就是发烧了。"他们说，"人发烧了就会觉得冷，你摸摸自己的额头，你的额头肯定很烫。"

许三观看着他们笑，他说："我没有发烧，我就是觉得冷，我觉得冷是因为我卖……"

他们打断他的话："觉得冷就是发烧，你摸摸额头。"

许三观还是看着他们笑，没有伸手去摸额头，他们催他：

"你快摸一下额头，摸一下你就知道了，摸一下额头又不费什么力气，你为什么不把手抬起来？"

许三观抬起手来，去摸自己的额头，他们看着他，问他：

"是不是很烫？"

许三观摇摇头："我不知道，我摸不出来，我的额头和我的手一样冷。"

"我来摸一摸。"

有一个人说着走过来，把手放在了许三观的额头上，他对他们说：

"他的额头是很冷。"

另一个人说："你的手刚从袖管里拿出来，你的手热乎乎的，你用你自己的额头去试试。"

那个人就把自己的额头贴到许三观的额头上，贴了一会后，他转过身来摸着自己的额头，对他们说：

"是不是我发烧了？我比他烫多了。"

接着那个人对他们说："你们来试试。"

他们就一个一个走过来，一个挨着一个贴了贴许三观的额头，最后他们同意许三观的话，他们对他说：

"你说得对，你没有发烧，是我们发烧了。"

他们围着他哈哈大笑起来，他们笑了一阵后，有一个人吹起了口哨，另外几个人也吹起了口哨，他们吹着口哨走开了。许三观看着他们走去，直到他们走远了，看不见了，他们的口哨也听不到了。许三观这时候一个人笑了起来，他在墙根的一块石头上坐下来,他的周围都是阳光,他觉得自己身体比刚才暖和一些了,而抓住衣领的两只手已经冻麻了,他就把手放下来,插到了袖管里。

许三观从林浦坐船到了北荡,又从北荡到了西塘,然后他来到了百里。许三观这时离家已经有三天了,三天前他在林浦卖了血,现在他又要去百里的医院卖血了。在百里,他走在河边的街道上,他看到百里没有融化的积雪在街道两旁和泥浆一样肮脏了,百里的寒风吹在他的脸上,使他觉得自己的脸被吹得又干又硬,像是挂在屋檐下的鱼干。他棉袄的口袋里插着一只喝水的碗,手里拿着一包盐,他吃着盐往前走,嘴里吃咸了,就下到河边的石阶上,舀两碗冰冷的河水喝下去,然后回到街道上,继续吃着盐走去。

这一天下午,许三观在百里的医院卖了血以后,刚刚走到街上,还没有走到医院对面那家饭店,还没有吃下去一盘炒猪肝,喝下去二两黄酒,他就走不动了。他双手抱住自己,在街道中间抖成一团,他的两条腿就像是狂风中的枯枝一样,剧烈地抖着,然后枯枝折断似的,他的两条腿一弯,他的身体倒在了地上。

在街上的人不知道他患了什么病,他们问他,他的嘴巴哆嗦着说不清楚,他们就说把他往医院里送,他们说:好在医院就在对面,走几步路就到了。有人把他背到了肩上,要到医院去,这时候他口齿清楚了,他连着说:

"不、不、不,不去……"

他们说:"你病了,你病得很重,我们这辈子都没见过像你这么乱抖的人,我们要把你送到医院去……"

他还是说:"不、不、不……"

他们就问他:"你告诉我们,你患了什么病?你是急性的病,还是慢性的病?要是急性的病,我们一定要把你送到医院去……"

他们看到他的嘴巴胡乱地动了起来,他说了些什么,他们谁也听不懂,他们问他们:

"他在说些什么?"

他们回答:"不知道他在说些什么,别管他说什么了,快把他往医院里送吧。"

这时候他又把话说清楚了,他说:

"我没病。"

他们都听到了这三个字,他们说:

"他说他没有病,没有病怎么还这样乱抖?"

他说:"我冷。"

这一次他们也听清楚了,他们说:

"他说他冷,他是不是有冷热病?要是冷热病,送医院也没用,就把他送到旅馆去,听他的口音是外地人……"

许三观听说他们要把他送到旅馆,他就不再说什么了,让他们把他背到了最近的一家旅馆。他们把他放在了一张床上,那间房里有四张床位,他们就把四条棉被全盖在他的身上。

许三观躺在四条棉被下面,仍然哆嗦不止。躺了一会,他们问:

"身体暖和过来了吧?"

许三观摇了摇头,他上面盖了四条棉被,他们觉得他的头像是隔得很远似的,他们看到他摇头,就说:

"你盖了四条被子还冷,就肯定是冷热病了,这种病一发作,别说是四条被子,就是十条都没用,这不是外面冷了,是你身体里面在冷,这时候你要是吃点东西,就会觉得暖和一些。"

他们说完这话,看到许三观身上的被子一动一动的,过了一会,许三观的一只手从被子里伸了出来,手上捏着一张一角钱的钞票。许三观对他们说:

"我想吃面条。"

他们就去给他买了一碗面条回来,又帮着他把面条吃了下去。许三观吃了一碗面条,觉得身上有些暖和了,再过了一会,他说话也有了力气。许三观就说他用不着四条被子了,他说:

"求你们拿掉两条,我被压得喘不过气来了。"

这天晚上,许三观和一个年过六十的男人住在一起,那人来的时候天已经黑了,他穿着破烂的棉袄,黝黑的脸上有几道被冬天的寒风吹裂的口子,他怀里抱着两头猪崽子走进来,许三观看着他把两头小猪放到床上,小猪吱吱地叫,声音听上去又尖又细,小猪的脚被绳子绑着,身体就在床上抖动,他对它们说:

"睡了,睡了,睡觉了。"

说着他把被子盖在了两头小猪的身上，自己在床的另一头钻到了被窝里。他躺下后看到许三观正看着自己，就对许三观说：

"现在半夜里太冷，会把小猪冻坏的，它们就和我睡一个被窝。"

看到许三观点了点头，他嘿嘿地笑了，他告诉许三观，他家在北荡的乡下，他有两个女儿，三个儿子，两个女儿都嫁了男人，三个儿子还没有娶女人，他还有两个外孙子。他到百里来，是来把这两头小猪卖掉，他说：

"百里的价格好，能多卖钱。"

最后他说："我今年六十四岁了。"

"看不出来。"许三观说，"六十四岁了，身体还这么硬朗。"

听了这话，他又是嘿嘿笑了一会，他说：

"我眼睛很好，耳朵也听得清楚，身体没有毛病，就是力气比年轻时少了一些，我天天下到田里干活，我干的活和我三个儿子一样多，就是力气不如他们，累了腰会疼……"

他看到许三观盖了两条被子，就对许三观说：

"你是不是病了？你盖了两条被子，我看到你还在哆嗦……"

许三观说："我没病，我就是觉得冷。"

他说："那张床上还有一条被子，要不要我替你盖上？"

许三观摇摇头："不要了，我现在好多了，我下午刚卖了血的时候，我才真是冷，现在好多了。"

"你卖血了？"他说，"我以前也卖过血，我家老三，就是我

241

的小儿子，十岁的时候动手术，动手术时要给他输血，我就把自己的血卖给了医院，医院又把我的血给了我家老三。卖了血以后就是觉得力气少了很多……"

许三观点点头，他说：

"卖一次、两次的，也就是觉得力气少了一些，要是连着卖血，身上的热气也会跟着少起来，人就觉得冷……"

许三观说着把手从被窝里伸出去，向他伸出三根指头说：

"我三个月卖了三次，每次都卖掉两碗，用他们医院里的话说是四百毫升，我就把身上的力气卖光了，只剩下热气了，前天我在林浦卖了两碗，今天我又卖了两碗，就把剩下的热气也卖掉了……"

许三观说到这里，停了下来，呼呼地喘起了气。来自北荡乡下的那个老头对他说：

"你这么连着去卖血，会不会把命卖掉了？"

许三观说："隔上几天，我到了松林还要去卖血。"

那个老头说："你先是把力气卖掉，又把热气也卖掉，剩下的只有命了，你要是再卖血，你就是卖命了。"

"就是把命卖掉了，我也要去卖血。"

许三观对那个老头说："我儿子得了肝炎，在上海的医院里，我得赶紧把钱筹够了送去，我要是歇上几个月再卖血，我儿子就没钱治病了……"

许三观说到这里休息了一会，然后又说：

"我快活到五十岁了,做人是什么滋味,我也全知道了,我就是死了也可以说是赚了。我儿子才只有二十一岁,他还没有好好做人呢,他连个女人都没有娶,他还没有做过人,他要是死了,那就太吃亏了……"

那个老头听了许三观这番话,连连点头,他说:

"你说得也对,到了我们这把年纪,做人已经做全了……"

这时候那两头小猪吱吱地叫上了,那个老头对许三观说:

"我的脚刚才碰着它们了……"

他看到许三观还在被窝里哆嗦,就说:

"我看你的样子是城里人,你们城里人都爱干净,我们乡下人就没有那么讲究,我是说……"

他停顿了一下后继续说:"我是说,如果你不嫌弃,我就把这两头小猪放到你被窝里来,给你暖暖被窝。"

许三观点点头说:"我怎么会嫌弃呢?你心肠真是好,你就放一头小猪过来,一头就够了。"

老头就起身抱过去了一头小猪,放在许三观的脚旁。那头小猪已经睡着了,一点声音都没有,许三观把自己冰冷的脚往小猪身上放了放,刚放上去,那头小猪就吱吱地乱叫起来,在许三观的被窝里抖成一团。老头听到了,有些过意不去,他问:

"你这样能睡好吗?"

许三观说:"我的脚太冷了,都把它冻醒了。"

老头说:"怎么说猪也是畜生,不是人,要是人就好了。"

许三观说:"我觉得被窝里有热气了,被窝里暖和多了。"

四天以后,许三观来到了松林,这时候的许三观面黄肌瘦,四肢无力,头晕脑涨,眼睛发昏,耳朵里始终有着嗡嗡的声响,身上的骨头又酸又疼,两条腿迈出去时似乎是在飘动。

松林医院的血头看到站在面前的许三观,没等他把话说完,就挥挥手要他出去,这个血头说:

"你撒泡尿照照自己,你脸上黄得都发灰了,你说话时都要喘气,你还要来卖血,我说你赶紧去输血吧。"

许三观就来到医院外面,他在一个没有风、阳光充足的角落里坐了有两个小时,让阳光在他脸上、在他身上照耀着。当他觉得自己的脸被阳光晒烫了,他起身又来到了医院的供血室,刚才的血头看到他进来,没有把他认出来,对他说:

"你瘦得皮包骨头,刮大风时你要是走在街上,你会被风吹倒的,可是你脸色不错,黑红黑红的,你想卖多少血?"

许三观说:"两碗。"

许三观拿出插在口袋里的碗给那个血头看,血头说:

"这两碗放足了能有一斤米饭,能放多少血我就不知道了。"

许三观说:"四百毫升。"

血头说:"你走到走廊那一头去,到注射室去,让注射室的护士给你抽血……"

一个戴着口罩的护士,在许三观的胳膊上抽出了四百毫升的血以后,看到许三观摇晃着站起来,他刚刚站直了就倒在了地上。护士惊叫了一阵以后,他们把他送到了急诊室,急诊室的医生让他们把他放在床上,医生先是摸摸许三观的额头,又捏住许三观手腕上的脉搏,再翻开许三观的眼皮看了看,最后医生给许三观量血压了,医生看到许三观的血压只有六十和四十,就说:

"给他输血。"

于是许三观刚刚卖掉的四百毫升血,又回到了他的血管里。他们又给他输了三百毫升别人的血以后,他的血压才回升到了一百和六十。

许三观醒来后,发现自己躺在医院里,他吓了一跳,下了床就要往医院外跑,他们拦住他,对他说虽然血压正常了,可他还要在医院里观察一天,因为医生还没有查出来他的病因。许三观对他们说:

"我没有病,我就是卖血卖多了。"

他告诉医生,一个星期前他在林浦卖了血,四天前又在百里卖了血。医生听得目瞪口呆,把他看了一会后,嘴里说了一句成语:

"亡命之徒。"

许三观说:"我不是亡命之徒,我是为了儿子……"

医生挥挥手说:"你出院吧。"

松林的医院收了许三观七百毫升血的钱,再加上急诊室的费用，许三观两次卖血挣来的钱，一次就付了出去。许三观就去找到说他是亡命之徒的那个医生，对他说：

"我卖给你们四百毫升血，你们又卖给我七百毫升血，我自己的血收回来，我也就算了，别人那三百毫升的血我不要，我还给你们，你们收回去。"

医生说："你在说什么？"

许三观说："我要你们收回去三百毫升的血……"

医生说："你有病……"

许三观说："我没有病，我就是卖血卖多了觉得冷，现在你们卖给了我七百毫升，差不多有四碗血，我现在一点都不觉得冷了，我倒是觉得热，热得难受，我要还给你们三百毫升血……"

医生指指自己的脑袋说："我是说你有神经病。"

许三观说："我没有神经病，我只是要你们把不是我的血收回去……"

许三观看到有人围了上来，就对他们说：

"买卖要讲个公道，我把血卖给他们，他们知道，他们把血卖给我，我一点都不知道……"

那个医生说："我们是救你命，你都休克了，要是等着让你知道，你就没命了。"

许三观听了这话，点了点头说：

"我知道你们是为了救我，我现在也不是要把七百毫升的血都还给你们,我只要你们把别人的三百毫升血收回去,我许三观都快五十岁了,这辈子没拿过别人的东西……"

许三观说到这里,发现那个医生已经走了,他看到旁边的人听了他的话都哈哈笑,许三观知道他们都是在笑话他,他就不说话了,他在那里站了一会,然后他转身走出了松林的医院。

那时候已是傍晚,许三观在松林的街上走了很长时间,一直走到河边,栏杆挡住了他的去路后,他才站住脚。他看到河水被晚霞映得通红,有一行拖船长长地驶了过来,柴油机突突地响着,从他眼前驶了过去,拖船掀起的浪花一层一层地冲向了河岸,在石头砌出来的河岸上响亮地拍打过去。

他这么站了一会,觉得寒冷起来了,就蹲下去靠着一棵树坐了下来。坐了一会,他从胸口把所有的钱都拿出来,他数了数,只有三十七元四角钱,他卖了三次血,到头来只有一次的钱,然后他将钱叠好了,放回到胸前的口袋里。这时他觉得委屈了,泪水就流出了眼眶,寒风吹过来,把他的眼泪吹落在地,所以当他伸手去擦眼睛时,没有擦到泪水。他坐了一会以后,站起来继续往前走。他想到去上海还有很多路,还要经过大桥、安昌门、黄店、虎头桥、三环洞、七里堡、黄湾、柳村、长宁和新镇。

在以后的旅程里,许三观没有去坐客轮,他计算了一下,从松林到上海还要花掉三元六角的船钱,他两次的血白卖了,所以他不能再乱花钱了,他就搭上了一条装满蚕茧的水泥船,摇船的是兄弟两人,一个叫来喜,另一个叫来顺。

许三观是站在河边的石阶上看到他们的,当时来喜拿着竹篙站在船头,来顺在船尾摇着橹,许三观在岸上向他们招手,问他们去什么地方,他们说去七里堡,七里堡有一家丝厂,他们要把蚕茧卖到那里去。

许三观就对他们说:"你们和我同路,我要去上海,你们能不能把我捎到七里堡……"

许三观说到这里时,他们的船已经摇过去了,于是许三观在岸上一边追着一边说:

"你们的船再加一个人不会觉得沉的,我上了船能替你们摇橹,三个人换着摇橹,总比两个人换着轻松。我上了船还会交给你们伙食的钱,我和你们一起吃饭,三个人吃饭比两个人吃省钱,也就是多吃两碗米饭,菜还是两个人吃的菜……"

摇船的兄弟两人觉得许三观说得有道理,就将船靠到了岸上,让他上了船。

许三观不会摇橹,他接过来顺手中的橹,才摇了几下,就将橹掉进了河里,在船头的来喜急忙用竹篙将船撑住,来顺扑在船尾,等橹漂过来,伸手抓住它,把橹拿上来以后,来顺指着许三观就骂:

"你说你会摇橹,你他妈的一摇就把橹摇到河里去了,你刚才还说会什么?你说你会这个,又会那个,我们才让你上了船,你刚才说你会摇橹,还会什么来着?"

许三观说:"我还说和你们一起吃饭,我说三个人吃比两个人省钱……"

"他妈的。"来顺骂了一声,他说,"吃饭你倒真是会吃。"

在船头的来喜哈哈地笑起来,他对许三观说:

"你就替我们做饭吧。"

许三观就来到船头,船头有一个砖砌的小炉灶,上面放着一只锅,旁边是一捆木柴,许三观就在船头做起了饭。

到了晚上,他们的船靠到岸边,揭开船头一个铁盖,来顺和来喜从盖口钻进了船舱,兄弟两人抱着被子躺了下来,他们躺了一会,看到许三观还在外面,就对他说:

"你快下来睡觉。"

许三观看看下面的船舱,比一张床还小,就说:

"我不挤你们了,我就在外面睡。"

来喜说:"眼下是冬天,你在外面睡会冻死的。"

来顺说:"你冻死了,我们也倒霉。"

"你下来吧。"来喜又说,"都在一条船上了,就要有福同享。"

许三观觉得外面确实是冷,想到自己到了黄店还要卖血,不能冻病了,他就钻进了船舱,在他们两人中间躺了下来,来喜将被子的一个角拉过去给他,来顺也将被子往他那里扯了扯,许三观就盖着他们两个人的被子,睡在了船舱里。许三观对他们说:

"你们兄弟两人,来喜说出来的话,每一句都比来顺的好听。"

兄弟俩听了许三观的话，都嘿嘿笑了几声，然后两个人的鼾声同时响了起来。许三观被他们挤在中间，他们两个人的肩膀都压着他的肩膀，过了一会他们的腿也架到了他的腿上，再过一会他们的胳膊放到他胸口了。许三观就这样躺着，被两个人压着，他听到河水在船外流动。声音极其清晰，连水珠溅起的声音都能听到，许三观觉得自己就像是睡在河水中间。河水在他的耳旁刷刷地流过去，使他很长时间睡不着，于是他就去想一乐，一乐在上海的医院里不知道怎么样了？他还去想了许玉兰，想了躺在家里的二乐，和守护着二乐的三乐。

许三观在窄小的船舱里睡了几个晚上，就觉得浑身的骨头又酸又疼，白天他就坐在船头，捶着自己的腰，捏着自己的肩膀，还把两条胳膊甩来甩去的。

来喜看到他的样子，就对他说：

"船舱里地方小，你晚上睡不好。"

来顺说："他老了，他身上的骨头都硬了。"

许三观觉得自己是老了，不能和年轻的时候比了，他说：

"来顺说得对，不是船舱地方小，是我老了，我年轻的时候，别说是船舱了，墙缝里我都能睡。"

他们的船一路下去，经过了大桥，经过了安昌门，经过了靖安，下一站就是黄店了。这几天阳光一直照耀着他们，冬天的积雪在两岸的农田里，在两岸农舍的屋顶上时隐时现，农田显得很清闲，很少看到有人在农田里劳作，倒是河边的道路上走着不少人，他们都挑着担子或者挎着篮子，大声说着话走去。

几天下来，许三观和来喜兄弟相处得十分融洽，来喜兄弟告诉许三观，他们运送这一船蚕茧，也就是十来天工夫，能赚六元钱，兄弟俩每人有三元。许三观就对他们说：

"还不如卖血，卖一次血能挣三十五元……"

他说："这身上的血就是井里的水，不会有用完的时候……"

许三观把当初阿方和根龙对他说的话，全说给他们听了，来喜兄弟听完了他的话，问他：

"卖了血以后，身体会不会败掉？"

"不会。"许三观说，"就是两条腿有点发软，就像是刚从女人身上下来似的。"

来喜兄弟嘿嘿地笑，看到他们笑，许三观说：

"你们明白了吧。"

来喜摇摇头，来顺说：

"我们都还没上过女人身体，我们就不知道下来是怎么回事。"

许三观听说他们还没有上过女人身体，也嘿嘿地笑了，笑了一会，他说：

"你们卖一次血就知道了。"

来顺对来喜说："我们去卖一次血吧，把钱挣了，还知道从女人身上下来是怎么回事，这一举两得的好事为什么不做？"

他们到了黄店,来喜兄弟把船绑在岸边的木桩上,就跟着许三观上医院去卖血了。走在路上,许三观告诉他们:

"人的血有四种,第一种是O,第二种是AB,第三种是A,第四种是B……"

来喜问他:"这几个字怎么写?"

许三观说:"这都是外国字,我不会写,我只会写第一种O,就是画一个圆圈,我的血就是一个圆圈。"

许三观带着来喜兄弟走在黄店的街上,他们先去找到医院,然后来到河边的石阶上,许三观拿出插在口袋里的碗,把碗给了来喜,对他说:

"卖血以前要多喝水,水喝多了身上的血就淡了,血淡了,你们想想,血是不是就多了?"

来喜点着头接过许三观手里的碗,问许三观:

"要喝多少?"

许三观说:"八碗。"

"八碗?"来喜吓了一跳,他说,"八碗喝下去,还不把肚子撑破了。"

许三观说:"我都能喝八碗,我都快五十了,你们两个人的年龄加起来还不到我的年龄,你们还喝不了八碗?"

来顺对来喜说:"他都能喝八碗,我们还不喝他个九碗十碗的?"

"不行,"许三观说,"最多只能喝八碗,再一多,你们的尿肚子就会破掉,就会和阿方一样……"

他们问:"阿方是谁?"

许三观说:"你们不认识,你们快喝吧,每人喝一碗,轮流着喝……"

来喜蹲下去舀了一碗河水上来,他刚喝下去一口,就用手捂着胸口叫了起来:

"太冷了,冷得我肚子里都在打抖了。"

来顺说:"冬天里的河水肯定很冷,把碗给我,我先喝。"

来顺也是喝了一口后叫了起来:

"不行,不行,太冷了,冷得我受不了。"

许三观这才想起来,还没有给他们吃盐,他从口袋里掏出了盐,递给他们:

"你们先吃盐,先把嘴吃咸了,嘴里一咸,就什么水都能喝了。"来喜兄弟接过去盐吃了起来,吃了一会,来喜说他能喝水了,就舀起一碗河水,他咕咚咕咚连喝了三口,接着冷得在那里哆嗦了,他说:

"嘴里一咸是能多喝水。"

他接着又喝了几口,将碗里的水喝干净后,把碗交给了来顺,自己抱着肩膀坐在一旁打抖。来顺一下子喝了四口,张着嘴叫唤了一阵子冷什么的,才把碗里剩下的水喝了下去。许三观拿过他手里的碗，对他们说：

"还是我先喝吧，你们看着点，看我是怎么喝的。"

来喜兄弟坐在石阶上，看着许三观先把盐倒在手掌上，然后手掌往张开的嘴里一拍，把盐全拍进了嘴里，他的嘴巴一动一动的，嘴里吃咸了，他就舀起一碗水，一口喝了下去，紧接着又舀起一碗水，也是一口喝干净。他连喝了两碗河水以后，放下碗，又把盐倒在手掌上，然后拍进嘴里。就这样，许三观吃一次盐，喝两碗水，中间都没有哆嗦一下，也不去抹掉挂在嘴边的水珠。当他将第八碗水喝下去后，他才伸手去抹了抹嘴，然后双手抱住自己的肩膀，身体猛烈地抖了几下，接着他连着打了几个嗝，打完嗝，他又连着打了三个喷嚏，打完喷嚏，他转过身来对来喜兄弟说：

"我喝足了，你们喝。"

来喜兄弟都只喝了五碗水，他们说：

"不能喝了，再喝肚子里就要结冰了。"

许三观心想一口吃不成个大胖子，他们第一次就能喝下去五碗冰冷的河水已经不错了，他就站起来，带着他们去医院。到了医院，来喜和来顺先是验血，他们兄弟俩也是O型血，和许三观一样，这使许三观很高兴，他说：

"我们三个人都是圆圈血。"

在黄店的医院卖了血以后，许三观把他们带到了一家在河边的饭店，许三观在靠窗的座位坐下，来喜兄弟坐在他的两边，许三观对他们说：

"别的时候可以省钱，这时候就不能省钱了，你们刚刚卖了血，两条腿是不是发软了？"

许三观看到他们在点头："从女人身上下来时就是这样，两条腿软了，这时候要吃一盘炒猪肝，喝二两黄酒，猪肝是补血，黄酒是活血……"

许三观说话时身体有些哆嗦，来顺对他说：

"你在哆嗦，你从女人身上下来时除了腿软，是不是还要哆嗦？"

许三观嘿嘿笑了几下，他看着来喜说：

"来顺说得也有道理，我哆嗦是连着卖血……"

许三观说着将两个食指叠到一起，做出一个十字，继续说：

"十天来我卖血卖了四次，就像一天里从女人身上下来四次，这时候就不只是腿软了，这时候人会觉得一阵阵发冷……"

许三观看到饭店的伙计正在走过来，就压低声音说：

"你们都把手放到桌子上面来，不要放在桌子下面，像是从来没有进过饭店似的，要装出经常进饭店喝酒的样子，都把头抬起来，胸膛也挺起来，要做出一副神气活现的样子，点菜时手还要敲着桌子，声音要响亮，这样他们就不敢欺负我们，菜的分量就不会少，酒里面也不会掺水，伙计来了，你们就学着我说话。"

伙计来到他们面前，问他们要什么，许三观这时候不哆嗦了，他两只手的手指敲着桌子说：

"一盘炒猪肝，二两黄酒……"

说到这里他的右手拿起来摇了两下，说：

"黄酒给我温一温。"

伙计说一声知道了，又去问来顺要什么，来顺用拳头敲着桌子，把桌子敲得都摇晃起来，来顺响亮地说：

"一盘炒猪肝，二两黄酒……"

下面该说什么，来顺一下子想不起来了，他去看许三观，许三观扭过头去，看着来喜，这时伙计去问来喜了，来喜倒是用手指在敲着桌子，可是他回答时的声音和来顺一样响亮：

"一盘炒猪肝，二两黄酒……"

下面是什么话，他也忘了，伙计就问他们：

"黄酒要不要温一温？"

来喜兄弟都去看许三观，许三观就再次把右手举起来摇了摇，他神气十足地替这兄弟俩回答：

"当然。"

伙计走开后，许三观低声对他们说：

"我没让你们喊叫，我只是要你们声音响亮一些，你们喊什么？这又不是吵架。来顺，你以后要用手指敲桌子，你用拳头敲，桌子都快被你敲坏了。还有，最后那句话千万不能忘，黄酒一定要温一温，说了这句话，别人一听就知道你们是经常进出饭店的，这句话是最重要的。"

他们吃了炒猪肝,喝了黄酒以后,回到了船上,来喜解开缆绳,又用竹篙将船撑离河岸,来顺在船尾摇着橹,将船摇到河的中间,来顺说了声:

"我们要去虎头桥了。"

然后他身体前仰后合地摇起了橹,橹桨发出吱哩吱哩的声响,劈进河水里,又从河水里跃起。许三观坐在船头,坐在来喜的屁股后面,看着来喜手里横着竹篙站着,船来到桥下时,来喜用竹篙撑住桥墩,让船在桥洞里顺利地通过。

这时候已经是下午了,阳光照在身上不再发烫,他们的船摇离黄店时,开始刮风了,风将岸边的芦苇吹得哗啦哗啦响。许三观坐在船头,觉得身上一阵阵地发冷,他双手裹住棉袄,在船头缩成一团。摇橹的来顺就对他说:

"你下到船舱里去吧,你在上面也帮不了我们,你还不如下到船舱里去睡觉。"

来喜也说:"你下去吧。"

许三观看到来顺在船尾呼哧呼哧地摇着橹,还不时伸手擦一下脸上的汗水,那样子十分起劲,许三观就对他说:

"你卖了两碗血,力气还这么多,一点都看不出你卖过血了。"

来顺说:"刚开始有些腿软,现在我腿一点都不软了,你问问来喜,他腿软不软?"

257

"早软过啦。"来喜说。

来顺就对来喜说："到了七里堡，我还要去卖掉它两碗血，你卖不卖？"

来喜说："卖，有三十五元钱呢。"

许三观对他们说："你们到底是年轻，我不行了，我老了，我坐在这里浑身发冷，我要下到船舱里去了。"

许三观说着揭开船头的舱盖，钻进了船舱，盖上被子躺在了那里，没有多久，他就睡着了。等他一觉醒来时，天已经黑了，船停靠在了岸边。他从船舱里出来，看到来喜兄弟站在一棵树旁，通过月光，他看到他们两个人正嗨哟嗨哟地叫唤着，他们将一根手臂那么粗的树枝从树上折断下来，折断后他们觉得树枝过长，就把它踩到脚下，再折断它一半，然后拿起粗的那一截，走到船边，来喜将树枝插在地上，握住了，来顺搬来了一块大石头，举起来打下去，打了有五下，将树枝打进了地里，只露出手掌那么长的一截，来喜从船上拉过去缆绳，绑在了树枝上。

他们看到许三观已经站在了船头，就对他说：

"你睡醒了？"

许三观举目四望，四周一片黑暗，只有远处有一些零星的灯火，他问他们：

"这是什么地方？"

来喜说："不知道是什么地方，还没到虎头桥。"

他们在船头生火做饭，做完饭，他们就借着月光，在冬天的寒风里将热气腾腾的饭吃了下去。许三观吃完饭，觉得身上热起来了，他说：

"我现在暖和了，我的手也热了。"

他们三个人躺到了船舱里，许三观还是睡在中间，盖着他们两个人的被子，他们的身体紧贴着他的身体，三个人挤在一起。来喜兄弟很高兴，白天卖血让他们挣了三十五元钱，他们突然觉得挣钱其实很容易，他们告诉许三观，他们以后不摇船了，以后把田地里的活干完后，不再去摇船挣钱了，摇船太苦太累，要挣钱他们就去卖血。来喜说：

"这卖血真是一件好事，挣了钱不说，还能吃上一盘炒猪肝，喝上黄酒，平日里可不敢上饭店去吃这么好吃的炒猪肝。到了七里堡，我们再去卖血。"

"不能卖了，到了七里堡不能再卖了。"许三观摆摆手。

他说："我年轻的时候也这样想，我觉得这身上的血就是一棵摇钱树，没钱了，缺钱了，摇一摇，钱就来了。其实不是这样，当初带着我去卖血的有两个人，一个叫阿方，一个叫根龙，如今阿方身体败掉了，根龙卖血卖死了。你们往后不要常去卖血，卖一次要歇上三个月，除非急着要用钱，才能多卖几次，连着去卖血，身体就会败掉。你们要记住我的话，我是过来人……"

许三观两只手伸开去拍拍他们两个人，继续说：

"我这次出来,在林浦卖了一次;隔了三天,我到百里又去卖了一次;隔了四天,我在松林再去卖血时,我就晕倒了,医生说我是休克了,就是我什么都不知道了,医生给我输了七百毫升的血,再加上抢救我的钱,我两次的血都白卖了,到头来我是买血了。在松林,我差一点死掉……"

许三观说到这里叹了一口气,他说:

"我连着卖血是没有办法,我儿子在上海的医院里,病得很重,我要筹足了钱给他送去,要是没钱,医生就会不给我儿子打针吃药。我这么连着卖血,身上的血是越来越淡,不像你们,你们现在身上的血,一碗就能顶我两碗的用途。本来我还想在七里堡,在长宁再卖它两次血,现在我不敢卖了,我要是再卖血,我的命真会卖掉了……

"我卖血挣了有七十元了,七十元给我儿子治病肯定不够,我只有到上海再想别的办法,可是在上海人生地不熟的……"

这时来喜说:"你说我们身上的血比你的浓?我们的血一碗能顶你两碗?我们三个人都是圆圈血,到了七里堡,你就买我们的血,我们卖给你一碗,你不就能卖给医院两碗了吗?"

许三观心想他说得很对,就是……他说:

"我怎么能收你们的血。"

来喜说:"我们的血不卖给你,也要卖给别人……"

来顺接过去说:"卖给别人,还不如卖给你,怎么说我们也是朋友了。"

　　许三观说:"你们还要摇船,你们要给自己留着点力气。"

　　来顺说:"我卖了血以后,力气一点都没少。"

　　"这样吧,"来喜说,"我们少卖掉一些力气,我们每人卖给你一碗血。你买了我们两碗血,到了长宁你就能卖出去四碗了。"

　　听了来喜的话,许三观笑了起来,他说:

　　"最多只能一次卖两碗。"

　　然后他说:"为了我儿子,我就买你们一碗血吧,两碗血我也买不起。我买了你们一碗血,到了长宁我就能卖出去两碗,这样我也挣了一碗血的钱。"

　　许三观话音未落,他们两个鼾声就响了起来,他们的腿又架到了他的身上,他们使他腰酸背疼,使他被压着喘气都费劲,可是他觉得非常暖和,两个年轻人身上热气腾腾。他就这么躺着,风在船舱外呼啸着,将船头的尘土从盖口吹落进来,散在他的脸上和身上。他的目光从盖口望出去,看到天空里有几颗很淡的星星,他看不到月亮,但是他看到了月光,月光使天空显得十分寒冷,他那么看了一会,闭上了眼睛,他听到河水敲打着船舷,就像是在敲打着他的耳朵。过了一会,他也睡着了。

　　五天以后,他们到了七里堡,七里堡的丝厂不在城里,是在离城三里路的地方,所以他们先去了七里堡的医院。来到了医院门口,来喜兄弟就要进去,许三观说:

"我们先不进去,我们知道医院在这里了,我们先去河边……"

他对来喜说:"来喜,你还没有喝水呢。"

来喜说:"我不能喝水,我把血卖给你,我就不能喝水。"

许三观伸手拍了一下自己的脑袋,他说:

"看到医院,我就想到要喝水,我都没去想你这次是卖给我……"

许三观说到这里停住了,他对来喜说:

"你还是去喝几碗水吧,俗话说亲兄弟明算账,我不能占你的便宜。"

来顺说:"这怎么叫占便宜?"

来喜说:"我不能喝水,换成你,你也不会喝水。"

许三观心想也是,要是换成他,他确实也不会去喝水,他对来喜说:

"我说不过你,我就依你了。"

他们三个人来到医院的供血室,七里堡医院的血头听他们说完话,伸出手指着来喜说:

"你把血卖给我……"

他再去指许三观:"我再把你的血卖给他?"

看到许三观他们都在点头,他嘿嘿笑了,他指着自己的椅子说:

"我在这把椅子上坐了十三年了,到我这里来卖血的人有成千上万,可是卖血的和买血的一起来,我还是第一次遇上……"

来喜说:"说不定你今年要走运了,这样难得的事让你遇上了。"

"是啊,"许三观接着说,"这种事别的医院也没有过,我和来喜不是一个地方的人,我们碰巧遇上了,碰巧他要卖血,我要买血,这么碰巧的事又让你碰巧遇上了,你今年肯定要走运了……"

七里堡的血头听了他们的话,不由点了点头,他说:

"这事确实很难遇上,我遇上了说不定还真是要走运了……"

接着他又摇了摇头:"不过也难说,说不定今年是灾年了,他们都说遇上怪事就是灾年要来了。你们听说过没有?青蛙排着队从大街上走过去,下雨时掉下来虫子,还有母鸡报晓什么的,这些事里面只要遇上一件,这一年肯定是灾年了……"

许三观和来喜兄弟与七里堡的血头说了有一个多小时,那个血头才让来喜去卖血,又让许三观去买了来喜的血。然后,他们三个人从医院里出来,许三观对来喜说:

"来喜,我们陪你去饭店吃一盘炒猪肝,喝二两黄酒。"

来喜摇摇头说:"不去了,才卖了一碗血,舍不得吃炒猪肝,也舍不得喝黄酒。"

许三观说:"来喜,这钱不能省,你卖掉的是血,不是汗珠子,要是汗珠子,喝两碗水下去就补回来了,这血一定要靠炒猪肝才能补回来,你要去吃,听我的话,我是过来人……"

来喜说:"没事的,不就是从女人身上下来吗?要是每次从女人身上下来都要去吃炒猪肝,谁吃得起?"

许三观连连摇头:"这卖血和从女人身上下来还是不一样……"

来顺说:"一样。"

许三观对来顺说:"你知道什么。"

来顺说:"这话是你说的。"

许三观说:"是我说的,我是瞎说……"

来喜说:"我现在身体好着呢,就是腿有点软,像是走了很多路,歇一会,腿就不软了。"

许三观说:"听我的话,你要吃炒猪肝……"

他们说着话,来到了停在河边的船旁,来顺先跳上船,来喜解开了绑在木桩上的缆绳后也跳了上去,来喜站在船头对许三观说:

"我们要把这一船蚕茧送到丝厂去,我们不能再送你了,我们家在通元乡下的八队,你以后要是有事到通元,别忘了来我们家做客,我们算是朋友了。"

许三观站在岸上,看着他们两兄弟将船撑了出去,他对来顺说:

"来顺,你要照顾好来喜,你别看他一点事都没有,其实他身体里虚着呢,你别让他太累,你就自己累一点吧,你别让他摇船,你要是摇不动了,你就把船靠到岸边歇一会,别让来喜和你换手……"

来顺说:"知道啦。"

他们已经将船撑到了河的中间,许三观又对来喜说:

"来喜,你要是不肯吃炒猪肝,你就要好好睡上一觉,俗话说吃不饱饭睡觉来补,睡觉也能补身体……"

来喜兄弟摇着船离去了,很远了他们还在向许三观招手,许三观也向他们招手,直到看不见他们了,他才转过身来,沿着石阶走上去,走到了街上。

这天下午,许三观也离开了七里堡,他坐船去了长宁,在长宁他卖了四百毫升的血以后,他不再坐船了,长宁到上海有汽车,虽然汽车比轮船贵了很多钱,他还是上了汽车,他想快些见到一乐,还有许玉兰,他数着手指算了算,许玉兰送一乐去上海已经有十五天了,不知道一乐的病是不是好多了。他坐上了汽车,汽车一启动,他心里就咚咚地乱跳起来。

许三观早晨离开长宁,到了下午,他来到了上海,他找到给一乐治病的医院时,天快黑了,他来到一乐住的病房,看到里面有六张病床,其中五张床上都有人躺着,只有一张床空着,许三观就问他们:

"许一乐住在哪里?"

他们指着空着的床说:"就在这里。"

许三观当时脑袋里就嗡嗡乱叫起来,他马上想到根龙,根龙死的那天早晨,他跑到医院去,根龙的床空了,他们说根龙死了。许三观心想一乐是不是也已经死了,这么一想,他站在那里就哇哇地哭了起来,他的哭声就像喊叫那样响亮,他的两只手轮流着

去抹眼泪,把眼泪往两边甩去,都甩到了别人的病床上。这时候他听到后面有人喊他:

"许三观,许三观你总算来啦……"

听到这个声音,他马上不哭了,他转过身去,看到了许玉兰,许玉兰正扶着一乐走进来。许三观看到他们后,就破涕为笑了,他说:

"一乐没有死掉,我以为一乐死掉了。"

许玉兰说:"你胡说什么,一乐好多了。"

一乐看上去确实好多了,他都能下地走路了,一乐躺到床上后,对许三观笑了笑,叫了一声:

"爹。"

许三观伸手去摸了摸一乐的肩膀,对一乐说:

"一乐,你好多了,你的脸色也不发灰了,你说话声音也响了,你看上去有精神了,你的肩膀还是这么瘦。一乐,我刚才进来看到你的床空了,我就以为你死了……"

说着许三观的眼泪又流了下来,许玉兰推推他:

"许三观,你怎么又哭了?"

许三观擦了擦眼泪对她说:

"我刚才哭是以为一乐死了,现在哭是看到一乐还活着……"

第二十九章

这一天,许三观走在街上,他头发白了,牙齿掉了七颗,不过他眼睛很好,眼睛看东西还像过去一样清楚,耳朵也很好,耳朵可以听得很远。

这时的许三观已是年过六十了,他的两个儿子一乐和二乐,在八年前和六年前已经抽调回城,一乐在食品公司工作,二乐在米店旁边的一家百货店里当售货员。一乐、二乐、三乐都在几年前娶妻生子,然后搬到别处去居住了。到了星期六,三个儿子才携妻带子回到原先的家中。

现在的许三观不用再负担三个儿子的生活,他和许玉兰挣的钱就他们两个人花,他们不再有缺钱的时候,他们身上的衣服也没有了补丁,他们的生活就像许三观现在的身体,许三观逢人就说:

"我身体很好。"

所以，这一天许三观走在街上时，脸上挂满了笑容，笑容使他脸上的皱纹像河水一样波动起来，阳光照在他脸上，把皱纹里面都照亮了。他就这么独自笑着走出了家门，走过许玉兰早晨炸油条的小吃店；走过了二乐工作的百货店；走过了电影院，就是从前的戏院；走过了城里的小学；走过了医院；走过了五星桥；走过了钟表店；走过了肉店；走过了天宁寺；走过了一家新开张的服装店；走过了两辆停在一起的卡车；然后，他走过了胜利饭店。

许三观走过胜利饭店时，闻到了里面炒猪肝的气息，从饭店厨房敞开的窗户里飘出来，和油烟一起来到。这时许三观已经走过去了，炒猪肝的气息拉住了他的脚，他站在那里，张开鼻孔吸着，他的嘴巴也和鼻孔一起张开来。

于是，许三观就很想吃一盘炒猪肝，很想喝二两黄酒，这样的想法越来越强烈，他就很想去卖一次血了。他想起了过去的日子，与阿方和根龙坐在靠窗的桌前，与来喜和来顺坐在黄店的饭店，手指敲着桌子，声音响亮，一盘炒猪肝，二两黄酒，黄酒要温一温……许三观在胜利饭店门口站了差不多有五分钟，然后他决定去医院卖血了，他就转身往回走去。他已经有十一年没有卖血了，今天他又要去卖血，今天是为他自己卖血，为自己卖血他还是第一次。他在心里想：以前吃炒猪肝喝黄酒是因为卖了血，今天反过来了，今天是为吃炒猪肝喝黄酒才去卖血。他这么想着走过了两辆停在一起的卡车；走过了那家新开张的服装店；走过了天宁寺；

走过了肉店;走过了钟表店;走过了五星桥,来到了医院。

坐在供血室桌子后面的已经不是李血头,而是一个看上去还不满三十的年轻人。年轻的血头看到头发花白、四颗门牙掉了三颗的许三观走进来,又听到他说自己是来卖血时,就伸手指着许三观:

"你来卖血?你这么老了还要卖血?谁会要你的血?"

许三观说:"我年纪是大了,我身体很好,你别看我头发白了,牙齿掉了,我眼睛一点都不花,你额头上有一颗小痣,我都看得见,我耳朵也一点不聋,我坐在家里,街上的人说话声音再小我也听得到……"

年轻的血头说:"你的眼睛,你的耳朵,你的什么都和我没关系,你把身体转过去,你给我出去。"

许三观说:"从前的李血头可是从来都不像你这么说话……"

年轻的血头说:"我不姓李,我姓沈,我沈血头从来就是这样说话。"

许三观说:"李血头在的时候,我可是常到这里来卖血……"

年轻的血头说:"现在李血头死了。"

许三观说:"我知道他死了,三年前死的,我站在天宁寺门口,看着火化场的拉尸车把他拉走的……"

年轻的血头说:"你快走吧,我不会让你卖血的,你都老成这样了,你身上死血比活血多,没人会要你的血,只有油漆匠会要你的血……"

年轻的血头说到这里嘿嘿笑了起来,他指着许三观说:

"你知道吗?为什么只有油漆匠会要你的血?家具做好了,上油漆之前要刷一道猪血……"

说着年轻的血头哈哈大笑起来,他接着说:

"明白吗?你的血只配往家具上刷,所以你出了医院往西走,不用走太远,就是在五星桥下面,有一个姓王的油漆匠,很有名的,你把血去卖给他吧,他会要你的血。"

许三观听了这些话,摇了摇头,对他说:

"你说这样难听的话,我听了也就算了,要是让我三个儿子听到了,他们会打烂你的嘴。"

许三观说完这话,就转身走了。他走出了医院,走到了街上。那时候正是中午,街上全是下班回家的人,一群一群的年轻人飞快地骑着自行车,在街上冲过去,一队背着书包的小学生沿着人行道往前走去。许三观也走在人行道上,他心里充满了委屈,刚才年轻血头的话刺伤了他,他想着年轻血头的话,他老了,他身上的死血比活血多,他的血没人要了,只有油漆匠会要。他想着四十年来,今天是第一次,他的血第一次卖不出去了。四十年来,每次家里遇上灾祸时,他都是靠卖血度过去的,以后他的血没人要了,家里再有灾祸怎么办?

许三观开始哭了,他敞开胸口的衣服走过去,让风呼呼地吹在他的脸上,吹在他的胸口;让混浊的眼泪涌出眼眶,沿着两侧的脸颊刷刷地流，流到了脖子里，流到了胸口上。他抬起手去擦了擦，眼泪又流到了他的手上，在他的手掌上流，也在他的手背上流。他的脚在往前走，他的眼泪在往下流。他的头抬着，他的胸也挺着，他的腿迈出去时坚强有力，他的胳膊甩动时也是毫不迟疑，可是他脸上充满了悲伤。他的泪水在他脸上纵横交错地流，就像雨水打在窗玻璃上，就像裂缝爬上快要破碎的碗，就像蓬勃生长出去的树枝，就像渠水流进了田地，就像街道布满了城镇，泪水在他脸上织成了一张网。

他无声地哭着向前走，走过城里的小学，走过了电影院，走过了百货店，走过了许玉兰炸油条的小吃店，他都走到家门口了，可是他走过去了。他向前走，走过一条街，走过了另一条街，他走到了胜利饭店。他还是向前走，走过了服装店，走过了天宁寺，走过了肉店，走过了钟表店，走过了五星桥，他走到了医院门口，他仍然向前走，走过了小学，走过了电影院……他在城里的街道上走了一圈，又走了一圈，街上的人都站住了脚，看着他无声地哭着走过去，认识他的人就对他喊：

"许三观，许三观，许三观，许三观，许三观……你为什么哭？你为什么不说话？你为什么不理睬我们？你为什么走个不停？你怎么会这样……"

有人去对一乐说："许一乐，你快上街去看看，你爹在大街上哭着走着……"

有人去对二乐说:"许二乐,有个老头在街上哭,很多人都围着看,你快去看看,那个老头是不是你爹……"

有人去对三乐说:"许三乐,你爹在街上哭,哭得那个伤心,像是家里死了人……"

有人去对许玉兰说:"许玉兰,你在干什么?你还在做饭?你别做饭了,你快上街去,你男人许三观在街上哭,我们叫他,他不看我们,我们问他,他不理我们,我们不知道出了什么事,你快上街去看看……"

一乐,二乐,三乐来到了街上,他们在五星桥上拦住了许三观,他们说:

"爹,你哭什么?是谁欺负了你?你告诉我们……"

许三观身体靠在栏杆上,对三个儿子呜咽着说:

"我老了,我的血没人要了,只有油漆匠会要……"

儿子说:"爹,你在说些什么?"

许三观继续说自己的话:"以后家里要是再遇上灾祸,我怎么办啊?"

儿子说:"爹,你到底要说什么?"

这时许玉兰来了,许玉兰走上去,拉住许三观两只袖管,问他:

"许三观,你这是怎么了,你出门时还好端端的,怎么就哭成个泪人了?"

许三观看到许玉兰来了,就抬起手去擦眼泪,他擦着眼泪对

许玉兰说:

"许玉兰,我老了,我以后不能再卖血了,我的血没人要了,以后家里遇上灾祸怎么办……"

许玉兰说:"许三观,我们现在不用卖血了,现在家里不缺钱,以后家里也不会缺钱的。你卖什么血?你今天为什么要去卖血?"

许三观说:"我想吃一盘炒猪肝,我想喝二两黄酒,我想卖了血以后就去吃炒猪肝,就去喝黄酒……"

一乐说:"爹,你别在这里哭了,你想吃炒猪肝,你想喝黄酒,我给你钱,你就是别在这里哭了,你在这里哭,别人还以为我们欺负你了……"

二乐说:"爹,你闹了半天,就是为了吃什么炒猪肝,你把我们的脸都丢尽了……"

三乐说:"爹,你别哭啦,你要哭,就到家里去哭,你别在这里丢人现眼……"

许玉兰听到三个儿子这么说话,指着他们大骂起来:

"你们三个人啊,你们的良心被狗叼走啦,你们竟然这样说你们的爹,你们爹全是为了你们,一次一次去卖血,卖血挣来的钱全是用在你们身上,你们是他用血喂大的。想当初,自然灾害的那一年,家里只能喝玉米粥,喝得你们三个人脸上没有肉了,你们爹就去卖了血,让你们去吃了面条,你们现在都忘干净了。还有二乐在乡下插队那阵子,为了讨好二乐的队长,你们爹卖了两次血，请二乐的队长吃，给二乐的队长送礼，二乐你今天也全忘了。一乐，你今天这样说你爹，你让我伤心，你爹对你是最好的，说起来他还不是你的亲爹，可他对你是最好的，你当初到上海去治病，家里没有钱，你爹就一个地方一个地方去卖血，卖一次血要歇三个月，你爹为了救你命，自己的命都不要了，隔三五天就去卖一次，在松林差一点把自己卖死了，一乐你也忘了这事。你们三个儿子啊，你们的良心被狗叼走啦……"

许玉兰声泪俱下，说到这里她拉住许三观的手说：

"许三观，我们走，我们去吃炒猪肝，去喝黄酒，我们现在有的是钱……"

许玉兰把口袋里所有的钱都摸出来，给许三观看：

"你看看，这两张是五元的，还有两元的，一元的，这个口袋里还有钱，你想吃什么，我就给你要什么。"

许三观说："我只想吃炒猪肝，喝黄酒。"

许玉兰拉着许三观来到了胜利饭店，坐下后，许玉兰给许三观要了一盘炒猪肝和二两黄酒，要完后，她问许三观：

"你还想吃什么？你说，你想吃什么你就说。"

许三观说："我不想吃别的，我只想吃炒猪肝，喝黄酒。"

许玉兰就又给他要了一盘炒猪肝，要了二两黄酒，要完后许玉兰拿起菜单给许三观看，对他说：

"这里有很多菜，都很好吃，你想吃什么？你说。"

许三观还是说:"我还是想吃炒猪肝,还是想喝黄酒。"

许玉兰就给他要了第三盘炒猪肝,黄酒这次要了一瓶。三盘炒猪肝全上来后,许玉兰又问许三观还想吃什么菜,这次许三观摇头了,他说:

"我够了,再多我就吃不完了。"

许三观面前的桌子上放着三盘炒猪肝,一瓶黄酒,还有两个二两的黄酒,他开始笑了,他吃着炒猪肝,喝着黄酒,他对许玉兰说:

"我这辈子就是今天吃得最好。"

许三观笑着吃着,又想起医院里那个年轻的血头说的话来了,他就把那些话对许玉兰说了,许玉兰听后骂了起来:

"他的血才是猪血,他的血连油漆匠都不会要,他的血只有阴沟、只有下水道才会要。他算什么东西?我认识他,就是那个沈傻子的儿子,他爹是个傻子,连一元钱和五元钱都分不清楚,他妈我也认识,他妈是个破鞋,都不知道他是谁的野种。他的年纪比三乐都小,他还敢这么说你,我们生三乐的时候,这世上还没他呢,他现在倒是神气了……"

许三观对许玉兰说:"这就叫屌毛出得比眉毛晚,长得倒比眉毛长。"

一九九五年八月二十九日

附录

韩文版自序

这是一本关于平等的书,这话听起来有些奇怪,而我确实是这样认为的。我知道这本书里写到了很多现实,"现实"这个词让我感到自己有些狂妄,所以我觉得还是退而求其次,声称这里面写到了平等。在一首来自十二世纪的非洲北部的诗里面这样写道:

可能吗,我,雅可布-阿尔曼苏尔的一个臣民,

会像玫瑰和亚里士多德一样死去?

我认为,这也是一首关于平等的诗。一个普通的臣民,我们有理由相信他是一个规矩的人,一个羡慕玫瑰的美丽和亚里士多德的博学品质的规矩人,他期望着玫瑰和亚里士多德曾经和他的此刻一模一样。海涅说:"死亡是凉爽的夜晚。"海涅也赞美了死亡,因为"生活是痛苦的白天",除此以外,海涅也知道死亡是唯一的平等。

还有另外一种对平等的追求。有这样一个人，他不知道有个外国人叫亚里士多德，也不认识玫瑰（他只知道那是花），他知道的事情很少，认识的人也不多，他只有在自己生活的小城里行走才不会迷路。当然，和其他人一样，他也有一个家庭，有妻子和儿子；也和其他人一样，在别人面前显得有些自卑，而在自己的妻儿面前则是信心十足，所以他也就经常在家里骂骂咧咧。这个人头脑简单，虽然他睡着的时候也会做梦，但是他没有梦想。当他醒着的时候，他也会追求平等，不过和那个雅可布－阿尔曼苏尔的臣民不一样，他才不会通过死亡去追求平等，他知道人死了就什么都没有了。他是一个像生活那样实实在在的人，所以他追求的平等就是和他的邻居一样，和他所认识的那些人一样，当他的生活极其糟糕时，因为别人的生活同样糟糕，他也会心满意足。他不在乎生活的好坏，但是不能容忍别人和他不一样。

这个人的名字很可能叫许三观，遗憾的是许三观一生追求平等，到头来却发现：就是长在自己身上的眉毛和屌毛都不平等。所以他牢骚满腹地说："屌毛出得比眉毛晚，长得倒比眉毛长。"

一九九七年八月二十六日

意大利文版自序

这些年来，我一直在使用标准的汉语写作，我的意思是——我在中国的南方长大成人，然而却使用北方的语言写作。

如同意大利语来自佛罗伦萨一样，我们的标准汉语也来自于一个地方语。佛罗伦萨的语言是由于一首伟大的长诗而荣升为国家的语言，这样的事实在我们中国人看来，如同传说一样美妙，而且让我们感到吃惊和羡慕。但丁的天才使一个地方性的口语成为了完美的书面表达，其优美的旋律和奔放的激情，还有沉思的力量跃然纸上。比起古老的拉丁语，《神曲》的语言似乎更有生机，我相信还有着难以言传的亲切之感。

我们北方的语言却是得益于权力的分配。在清代之前的中国历史里，权力向北方的倾斜使这一地区的语言成为了统治者，其他地区的语言则沦落为方言俚语。于是用同样方式书写出来的作品，在权力的北方成为历史的记载，正史或者野史；而在南方，只能被流放到民间传说的格式中去。

我就是在方言里成长起来的。有一天，当我坐下来决定写作一篇故事时，我发现二十多年来与我朝夕相处的语言，突然成为了一堆错别字。口语与书面表达之间的差异让我的思维不知所措，如同一扇门突然在我眼前关闭，让我失去了前进时的道路。

我在中国能够成为一位作家，很大程度上得益于我在语言上妥协的才华。我知道自己已经失去了语言的故乡，幸运的是我并没有失去故乡的形象和成长的经验，汉语自身的灵活性帮助了我，让我将南方的节奏和南方的气氛注入到了北方的语言之中，于是异乡的语言开始使故乡的形象栩栩如生了。这正是语言的美妙之处，同时也是生存之道。

十五年的写作，使我灭绝了几乎所有来自故乡的错别字，我学会了如何去寻找准确有力的词汇，如何去组织延伸中的句子；一句话，就是学会了在标准汉语里如何左右逢源，驾驭它们如同行走在坦途之上。从这个意义上说，我已经"商女不知亡国恨"了。

一九九八年四月十一日

德文版自序

有一个人我至今没有忘记,有一个故事我也一直没有去写。我熟悉那个人,可是我无法回忆起他的面容,然而我却记得他嘴角叼着烟卷的模样,还有他身上那件肮脏的白大褂。有关他的故事和我自己的童年一样清晰和可信,这是一个血头生命的历史,我的记忆点点滴滴,不断地同时也是很不完整地对我讲述过他。

这个人已经去世,这是我父亲告诉我的。我的父亲,一位退休的外科医生在电话里提醒我——是否还记得这个人领导的那次辉煌的集体卖血?我当然记得。

这个人有点像这本书中的李血头,当然他不一定姓李,我忘记了他真实的姓,这样更好,因为他将是中国众多姓氏中的任何一个。这似乎是文学乐意看到的事实,一个人的品质其实被无数人悄悄拥有着,于是你们的浮士德在进行思考的时候,会让中国的我们感到是自己在准备做出选择。

这个人一直在自己的世界里建立着某些不言而喻的权威，虽然他在医院里的地位低于一位最普通的护士，然而他精通了日积月累的意义，在那些因为贫困或者因为其他更为重要的理由前来卖血的人眼中，他有时候会成为一名救世主。

在那个时代里，所有医院的血库都库存丰足，他从一开始就充分利用了这一点，让远道而来的卖血者在路上就开始了担忧，担忧自己的体内流淌的血能否卖出去。他十分自然地培养了他们对他的尊敬，而且让他们人人都发自内心。接下去他又让这些最为朴素的人明白了礼物的意义，这些人中间的绝大部分都是目不识丁者，可是他们知道交流是人和人之间必不可少的，礼物显然是交流时最为重要的依据，它是另外一种语言，一种以自我牺牲和自我损失为前提的语言。正因为如此，礼物成为了最为深刻的喜爱、赞美和尊敬之词。就这样，他让他们明白了在离家出门前应该再带上两棵青菜，或者是几个西红柿和几个鸡蛋，空手而去等于失去了语言，成为聋哑之人。

他苦心经营着自己的王国，长达数十年。然后，时代发生了变化，所有医院的血库都开始变得库存不足了，买血者开始讨好卖血者，血头们的权威摇摇欲坠。然而他并不为此担心，这时候的他已经将狡猾、自私、远见卓识和同情心熔于一炉，他可以从容地去应付任何困难。他发现了血的价格在各地有所不同，于是就有了前面我父亲的提醒——他在很短的时间里组织了近千卖血者，长途跋涉五百多公里，从浙江到江苏。跨越了十来个县，将他们的血卖到了他所能知道的价格最高之处。他的追随者获得了更多一些的收入，而他自己的钱包皮则像打足了气的皮球一样鼓了起来。

这是一次杂乱的漫长的旅程，我不知道他使用了什么手段，使这些平日里最为自由散漫同时又互不相识的人，吵吵闹闹地组成了一支乌合之众的队伍。我相信他给他们规定了某些纪律，并且无师自通地借用了军队的某些编制，他会在这杂乱的人群里挑出几十人，给予他们有限的权力，让他们尽展各自的才华，威胁和拉拢、甜言蜜语和破口大骂并用，他们为他管住了这近千人，而他只要管住这几十人就足够了。

这次集体行动很像是战争中移动的军队，或者像是正在进行中的宗教仪式，他们黑压压的能够将道路铺满长长一截。这里面的故事一定会令我着迷，男人之间的斗殴，女人之间的闲话，还有偷情中的男女，以及突然来到的疾病击倒了某个人，当然也有真诚的互相帮助，可能还会有爱情发生……我相信在这个世界上，再也找不出另外一支队伍，能够比这一支队伍更加五花八门了。

我一直希望自己能够将这个故事写出来，有一天我坐到了桌前，我发现自己开始写作一个卖血的故事，九个月以后，我确切地知道了自己写下了什么，我写下了《许三观卖血记》。

显然，这是另外一个故事。这个故事里的人物只是跟随那位血头的近千人中的一个，他也可能没有参加那次长途跋涉的卖血行动。我知道自己只是写下了很多故事中的一个，另外更多的故事我一直没有去写，而且也不知道以后是否会写。这就是我成为一名作家的理由，我对那些故事没有统治权，即使是我自己写下的故事，一旦写完，它就不再属于我，我只是被他们选中来完成这样的工作。因此，我作为一个作者，你作为一个读者，都是偶然。如果你，一位德语世界里的读者，在读完这本书后，发现当书中的人物做出的某个选择，也是你内心的判断时，那么，我们已经共同品尝了文学的美味。

一九九八年六月二十七日

图书在版编目(CIP)数据

许三观卖血记 / 余华著. -- 2版. -- 北京：北京十月文艺出版社，2024.3
ISBN 978-7-5302-2157-0

Ⅰ.①许… Ⅱ.①余… Ⅲ.①长篇小说-中国-当代 Ⅳ.①I247.5

中国版本图书馆CIP数据核字(2021)第097291号

许三观卖血记
XUSANGUAN MAIXUEJI
余华 著

出　　版	北京出版集团公司
	北京十月文艺出版社
地　　址	北京北三环中路6号
邮　　编	100120
网　　址	www.bph.com.cn
发　　行	新经典发行有限公司
	电话 (010)68423599
经　　销	新华书店
印　　刷	山东韵杰文化科技有限公司
版　　次	2017年10月第1版　2024年3月第2版
印　　次	2024年3月第1次印刷
开　　本	850毫米×1168毫米　1/32
印　　张	9
字　　数	155千字
书　　号	ISBN 978-7-5302-2157-0
定　　价	59.00元

质量监督电话 010-58572393
如有印装质量问题，由本社负责调换

版权所有，未经书面许可，不得转载、复制、翻印，违者必究。